Elfter September hoch Eins
oder die überlangen Schatten
des Verbrechens

REMO ITEN

Elfter September hoch Eins

oder die überlangen Schatten

des Verbrechens

Roman

Bibliografische Information der Deutschen Nationalbibliothek
Die Deutsche Nationalbibliothek verzeichnet diese Publikation
in der Deutschen Nationalbibliografie; detaillierte bibliografische
Daten sind im Internet über http://dnb.d-nb.de abrufbar.

© 2017 Remo Iten
2. Auflage, 2018
Umschlagdesign, Satz, Herstellung und Verlag:
BoD – Books on Demand, Norderstedt
ISBN 978-3-7431-0442-6

Inhalt

Erster Akt des Dramas   7
    Mama, er war wieder da!

Christinas früheste Traumbegegnung mit Terra Inkognita
oder wie der ganze Wahnsinn seinen Anfang nahm   10

Schmerzliche Erinnerungen und offene Wunden   18

11. September 2001: Wenn dies nicht das Ende der Welt ist!   24

Inneres Verdunkelungsgebot   31

Seltsame Blicke und eine erste Vorahnung,
dass da was nicht stimmt   36

11. September 2001: Fahrt zum Höllenturm   43

Versuch einer Rückkehr zur Normalität oder was immer das ist   48

Wenn alles unmittelbar wieder hochkommt   54

11. September 2001: Todesangst um 09.59 Uhr!   62

Wenn Welten auseinanderklaffen oder aufeinanderprallen	69
Der Tag jenseits aller Vorstellungen	79
11. September 2001: 1000 Uhr, Hintern und Ellbogen voraus!	96
Das Geheimnis des fernen Elchbergs	103
Es kam einfach niemand	108
11. September 2001: Wenn die Decke in jeder Hinsicht auf den Kopf fällt	115
Claudias schlimmster Tag	120
Krämpfe und Tänze im Hause Sanders in Nyack	126
Jim Schönberg	132
Wir sehen uns dann beim GANZ GROSSEN!	142
Terroralarm! Wir werden auf eigenem Grund und Boden angegriffen!	151
Die aufgestörte Beschaulichkeit von Suffern in Neu Yorks Hinterland	156
Unerlaubtes Eindringen ins Sperrgebiet	161
Weitere geheimnisvolle Türen öffnen sich	167
Literatur- und Quellenverzeichnis	173

Erster Akt des Dramas

Mama, er war wieder da!

Wiederum hatte Christina Sanders diesen fürchterlichen Albtraum. Ein seelenverdichtetes Traumgebilde, welches sie seit frühester Kindheit in drögen Nachtphasen unversehens heimsuchte. Wenn sie aufgewühlt von der Macht der unerklärlichen Traumwalze um zwei Uhr morgens ins elterliche Bett kroch. Weinend, am ganzen Körper zitternd, die kindliche Seele tief erschüttert. ›Mama, er war wieder da!‹, war alles, wozu sich zu äußern sie imstande war, während Claudias mütterlichen Arme sie umschlossen und an sich zogen. ›Du meinst, der böse Fisch?‹, flüsterte Claudia, wohlwissend, was ihrer kleinen Christina zusetzte.

Obgleich die Vierjährige kaum vielmehr als bruchstückartig fähig war, ihre belastenden Traumbilder in Worte zu fassen, stieg in Claudias Mutterherzen unmittelbar dieses elende Gefühl der Ohnmacht auf, wiewohl ein Verdacht, welchen sie gleich von Anbeginn gehegt hatte. Jedes Mal durchfuhr sie dieses Erschauern ob Christinas Traumspiegelungen, welche diese in ihrem zarten Alter lediglich unbewusst empfing. ›Wie ist dies nur möglich, Thomas? Mein Gott, wie um Himmels Willen ist dies erklärbar?‹, sagte sie bisweilen zu ihrem Mann. ›Wir tun doch alles, was in unserer Macht steht, und dennoch reicht es nicht! Tun wir vielleicht zu wenig, oder machen wir was falsch?‹ Ihr Ehemann Thomas, als Feuerwehrmann auf einer Wache in Neu York von der ungastlichen Seite des Lebens mehr als geeicht, nahm sie in seine schützenden Arme, spendete Trost, sagte: ›Nein, Claudia, wir haben uns gar nichts vorzuwerfen. Wir machen alles richtig, glaub mir, Liebes, zumindest, was in unserer Macht steht. Wenn Christina mal grösser ist, wird sie dies bestimmt überwinden. Dieser Zustand kann ja nicht ewig dauern. Abgesehen davon hatten wir doch als Kinder alle unseren Albtraum.‹ Jeweils verstört entgegnete ihm Claudia: ›Ja, schon, Thomas, aber doch nicht *diesen*!‹

Elterliche Zuversicht, darunter zäh sich aufrechterhaltende Illusionen, vermochte mitunter unglaublich verwegen sein, stärker als jede Bindung zur Realität und zum Leben.

Ψ Ψ Ψ

Schweißdurchnässt lag Christina in ihrem Bett im Studentenheim in Neu York; von draußen drang das konstante Rauschen und Hupen der Nacht der Nächte in ihr kleines Zimmer ein. Ein versichernder Blick auf die grünliche Digitalanzeige ihres Radioweckers zeigte 0305 Uhr an. Wie sie feststellte, war sie, was den Horrortraum anbetraf, absolut im Zeitplan. Lange nun schon hatte sie davor Ruhe gehabt, vermochte sich eigentlich kaum mehr daran zu erinnern, wann er das letzte Mal zugebissen hatte. Doch nun meldete er sich offenbar wieder zurück, vollwuchtig. Nun ja, zum Glück ist in wenigen Stunden Sonntagmorgen, Zeit, aufzubrechen, sagte sie sich, denn sie beabsichtigte, sich mit Mama und Biggi dort draußen am Strand zu treffen. Endlich wieder mal! Für einen sonntäglichen Spaziergang. Eric, ihr Freund, wäre auch dabei, sagte er am Telefon, käme wohl gleich von der Nachtschicht.

Immerhin hatten sich mittlerweile die Traumnebel gelichtet, das Abbild ihrer kleinkindlichen Ängste sich erkennbar gemacht. Als selbstbewusste junge Frau stand sie heute grundsätzlich darüber, fand es gar ein wenig peinlich, wenn sie darüber nachdachte. Und dennoch. Was drang denn da – offenbar nach wie vor – Mysteriöses in ihren Sinn ein, versuchte sich auf hartnäckige Weise Zugang zu ihrem Bewusstsein zu verschaffen? Fast schon einbruchartig. Überhaupt, woher kriegte sie als Kleinkind diese Bilder in den Kopf? Denn über einen Fernsehapparat verfügten sie damals noch keinen, da war Mama ausnahmsweise pickelhart. ›Solange die Mädels noch klein sind, kommt mir kein solches Unding ins Haus!‹, meinte sie bestimmt, ›dies ist nachweislich schädlich für deren Hirnentwicklung, und überhaupt.‹ ›Na ja‹, gab Papa anfänglich noch nach, wenn auch etwas unverständlich ob dieser, wie er dazu sagte, deutschen Schnapsidee.

Doch vielleicht war es ja gerade umgekehrt, besann sich Christina in unruhevollen Momenten! Versinnbildlichte der Traumhorror letztlich keinen unerwünschten Eindringling, der hartnäckig versuchte ihre Seele zu knacken, sondern stellte den wiederholten Ausbruchsversuch eines dunklen Teils ihres ureigenen Ichs dar?! Ein höchst unangenehmer Gedanke! In dieser Beziehung war sie sich auch als Erwachsene noch keineswegs klar darüber geworden, zumal sie diese Vorstellung fast noch mehr aufschreckte als der Traum selber, falls diese so zuträfe.

Tief ein- und dann wieder ausatmend, so wie sie es sich mal in einem Yoga-Einführungskurs an der Uni zu eigen gemacht hatte, schloss Christina ihre Augenlider, öffnete zugleich ihren Sinn sowie Geist, ließ abermals den skurrilen Traumfilm über die Leinwand ihrer frühsten Erinnerungen flimmern. Irgendwann komme ich dahinter, sagte sie sich zuversichtlich, irgendwann und irgendwie komme ich diesem ganzen Horror und Terror auf die Schliche, denn es *muss* ja ein tieferer Sinn, eine Erklärung, dahinterstecken! Offenbar war bis jetzt die Zeit noch nicht reif dafür, ähnlich wie ihre Semesterarbeit, welche antriebslos vor sich her dümpelte.

Gedanklich schlüpfte sie bereits in ihren ungewöhnlichen Schwimmanzug, neongelb mit grellrosa Streifenmuster, etwas, was jedes Mal den Hohn und Spott ihrer zwei Jahre jüngeren Schwester Biggi erregte: ›Na, darin siehst du doch aus wie eine bekloppte Barbiepuppe! Damit schreckst du jeden ab!‹ Fast jeden, außer IHN, müsste man präziserweise ergänzen. Nun, der Auftakt war der immer gleiche, nämlich dann, wenn im Traum, ihre kleine Familie mit dem Wohnmobil in den Strandurlaub fuhr, ans nahgelegene Meer, vorzugsweise auf Marthas Weinberg in Massachusetts, und zunächst diese geheimnisvoll schönen Urbilder auftauchten und sie in den Bann zogen …

Christinas früheste Traumbegegnung mit Terra Inkognita oder wie der ganze Wahnsinn seinen Anfang nahm

Samtweich stachen Sonnenstrahlen ins Meerwasser, durchdrangen mit spielerischer Leichtigkeit die Schichten von anfänglichem Malachit bis hin zum gesättigten Azurit. Unentwegt tauchten sie in die Tiefe ein, warfen nunmehr schummerndes Licht auf eine unerkannte, abgeschirmte Welt; ein verästeltes Reich der Sinne, eine **Terra Inkognita**, ein Neuland ungelüfteter Geheimnisse wie erstaunlicher Wunder.

Lange Zeit dem Weltauge unbemerkt geblieben, denn sorgsam gehütet im Schosse der globalen Abgeschiedenheit im einst scheinbar unergründlichen Weltgefüge, hielt sie sich verborgen, war wie versteckt in den schwer zugänglichen Tiefen der Zeitabfolgen, oder wie als ob ihre Zeit noch nicht gekommen wäre. Wie sich nach ihrer sogenannten ›Entdeckung‹ fortlaufend herausstellte, eröffnete sich dem Erstbesucher eine Welt mit kaum fassbaren Ausdehnungen und Charakteristiken, die schlicht und einfach überwältigten.

Bei genauerem Augenschein erwies sie sich mitnichten als eine schnell begreifbare Welt, denn es war ein Kosmos, so leblos und leer wie dann wiederum voller bunter, knalliger Gegensätze. In dessen unübertrefflicher Vielfalt sowie auf europäische Augen exotisch wirkender Neuartigkeit sich ein außen stehender Betrachter unversehens verlieren musste. Ein Zauber.

Im krassen Gegensatz zur morbiden Ordnung in der alten Übersee war diese Welt überaus beseelt, galt alles darin Geschaffene als lebendig und wahrhaft; fest verankert zwischen den vier Himmelsbögen sowie dem Oben und dem Unten, Vater Himmel und Mutter Erde. Untrennbar miteinander verbunden wurde alles darin von der gleichen Heiligen Kraft gleichermaßen durchströmt, ungeachtet ob im Wasser, an Land, in der Luft, in der geheimnisvollen Frau, dem Feuer, in lebendigen wie scheinbar toten Objekten, egal, ob in Pflanzen, Mensch oder Tier.

Für sich alleine betrachtet bestimmt eine überschaubare Welt mit einer ganzen Anzahl sich selbst regulierender Kreisläufe. In welcher das unvermeidliche Kräftemessen in der Regel mit mehr oder weniger gleich langen Spießen ausgetragen und das zerbrechliche Gleichgewicht der Kräfte, falls erforderlich, immerfort wieder hergestellt wurde. Ehedem das System ungewollt umgekrempelt wurde, vielmehr von der willfährigen Zufälligkeit unterworfen, als es in die fatalen Wildstrudel weltweiter Gezeiten geriet und lange Zeit darin nahezu vollständig unterzugehen drohte.

War es eine perfekte Welt, drängt sich die Frage auf? Das heiß ersehnte Paradies, der Garten Eden, so wie dies vereinzelte Zeitzeugen bei ihrer Landung auf den karibischen Inselstränden einmütig bezeugten?

Nun denn, der unverklärte Blick enthüllte damals schon wie heute eine gleichermaßen von allerlei Makeln behaftete Welt, so wie jede menschliche Gesellschaft dies seit alters her kennt. Eine Welt, wo zwar an Wirkstätten kultureller Hochblüte überragende naturwissenschaftliche und architektonische Errungenschaften zutage gefördert wurden. Gleichzeitig wieder unvorstellbar ausladende Grausamkeit stattfand, in Form abscheulicher Menschenopferungen – und derer nicht wenige – und das Bild jedes Idealisten und Weltenträumers unmittelbar wieder zunichtemachte.

Fälschlicherweise immer wieder als Neue Welt bezeichnet, da es sich genau genommen um eine Uralte Welt handelte, weckte diese doch durch ihren naturgegebenen Reichtum, den vereinnahmenden Zauber des reizvoll Neuen, unzählige Hoffnungen wie Begehrlichkeiten in der Alten Welt: die ewige Gier nach dem gelbglänzenden Metall! Dem scheinbar unberührten Erdteil, der vermeintlich hoffnungsvollen **Terra Inkognita**, stand mit dem Auftauchen weißen Segeltuchs eine der mächtigsten orkanartigen Umwälzungen bevor, welche nicht nur der entblößte Kontinent, sondern die Welt bis anhin noch nie erfahren hatte. Zweifelsfrei fand eine stattliche Anzahl Begegnungen der befruchtenden Art statt; die Mehrheit der nachfolgenden Erfahrungen indes erwies sich in der Regel vielmehr furchtbarer Natur: das endlose Morden, das blutige Abschlachten und Ausrotten ganzer Völker, der Startschuss zu Raub und Ausbeutung ohne Ende.

Ψ Ψ Ψ

Verwundert hob Christina ihren Kopf, bemerkte wie ein Schatten an der lichtdurchfluteten Wasseroberfläche kurzzeitig das Strahlen des Sonnenlichts beeinträchtigte. Mit scheinbarer Leichtigkeit wie Eleganz durchpflügte eine Lederschildkröte das nasse Element. In kraftvollen Ruderzügen und dennoch in Gelassenheit trugen ihre vier exponierten Ruderfüße den stromlinienförmigen Leib in jede gewünschte Richtung. Bei einer beachtlichen Panzerlänge von bis zu zweieinhalb Metern wie siebenhundert Kilogramm Eigengewicht alles andere als ein Klacks!

Seit Gedenken hegte Christina eine besondere Liebe zu diesen Tieren, bewunderte die Eleganz mit welcher sie sich vorwärtsbewegten, sobald sie sich im richtigen, das heißt, in ihrem Element befanden. Ihr biblisches Alter, welches sie im Idealfall erreichten, beeindruckte sie nicht minder. Einmal den Erwachsenenstatus erreicht und dies mochte im Einzelfall ein Alter von nahezu zwei Jahrhunderten bedeuten, trotzte sie als eine der ältesten Erscheinungsformen auf diesem Planeten nahezu feindlos dem Unbill der Gezeiten. Einzig die Frühzeit des Gelege und der Sandbrut stellte die empfindlichste Phase dar, war der Nachwuchs hochgradig durch vielerlei Nesträuber wie beispielsweise Strandvögel, Wildschweine oder Schakale gefährdet. Dies hinderte sie indes nicht daran, sich in sämtlichen tropischen wie subtropischen Gewässern zu beheimaten. Zuweilen stieß sie den Sommer über in kühlere gemäßigte Zonen vor, bis an die Küsten Schottlands.

Ursprünglich angeregt durch einen Fund auf einem ihrer Familienstrandausflüge – ein versehrtes totes Jungexemplar – stieß Christina bei der Vorbereitung eines Naturkundevortrages in der Schule über eine Fülle interessanter Details bezüglich dieser bemerkenswerten Tierart. So zum Beispiel, wie eine Unterart dieweil auf der Jagd nach ihrer begehrten Hauptnahrungsquelle, den Quallen, bisweilen für Tauchgänge bis zu tausend Metern in finstere Tiefe hinabstieg. Dieses Spektrum ermöglichte ihr das Fehlen eines eigentlichen Knochenpanzers, wie dieser sonst üblicherweise bei Schildkröten anzutreffen war.

›Ich glaube, du fühlst dich selbst ein bisschen wie eine dieser Schildkröten, Christina, nicht?‹, sagte ihre Lehrerin bei der Rückmeldung am Ende der Stunde. ›Wie meinen Sie das?‹, hakte Christina etwas verunsichert nach. ›Ja, ich denke, diese Schildkröten haben eine gewisse Ähnlichkeit mit dir, Christina. Sie sind flink, bewegen sich geschmeidig, sobald sie in ihrem Element sind. Überdies sind sie klug, verhalten sich instinktiv richtig, eigentlich so wie du!‹ Christinas zehnjährige Augen blickten strahlend auf, dann fragte sie: ›Sie meinen, Frau Miller, es ist kein Zufall, dass mir diese Tiere gefallen?‹ ›Nein, ist es wahrscheinlich nicht. Vermutlich spiegelst du dich in ihnen, oder sie in dir. So wie diese Tiere in unglaubliche Tiefen vordringen können, um Nahrung zu finden, stichst auch du tief runter, wenn du etwas suchst. Dein Vortrag war wirklich hervorragend! Diese Details!‹ Mit ihrer wohl eher randläufigen Bemerkung traf sie die Sache im Kern und hinterließ bei der kleinen Christina weit mehr als einen mächtigen Eindruck, welchen diese ihr Leben lang nicht mehr vergessen sollte. Zum damaligen Zeitpunkt vermochte Frau Miller kaum zu erahnen, welch treffende Feststellung sie gemacht hatte. Ja, beinahe schon eine Vision anberaumte!

Wiederum wandte sich Christinas Blick der Meeresschildkröte zu, welche über ihr durchs sonnenerwärmte Wasser glitt. Im Traum erforderte sie kein Sauerstoffgerät, sondern war imstande, stundenlang unter Wasser mit ihrer ledrigen Freundin zu spielen. Unvermittelt wurde diese nun durch einen mächtigen Stoß auf die Seite geschleudert, ließ sie kurzzeitig wie benommen im reißenden Strudel herumwirbeln. Unmittelbar schoss ein Blutstrom hervor, tränkte die Umgebung in Dunkelrot. Fetzen quollen hervor, da wo sich kurz zuvor noch ihr rechter Vorderfuß befunden hatte. Kaum hatte sich Christina von diesem Schrecken gefangen, erfolgte in unmittelbarer Abfolge ein zweiter Schlag, dieses Mal von unten. Neues Blut floss hervor, färbte das türkisfarbene Wasser erneut schwarzrot und hinterließ ein klaffendes Loch an der Stelle, wo soeben ihr linker Hinterfuß abgerissen worden war. Erheblich in der Manövrierfähigkeit beeinträchtigt taumelte ihr versehrter Körper in den gefärbten Schwaden ihres eigenen Körpersaftes, ließ die verbliebenen zwei Gliedmaßen mehr hilflos als nützlich zappeln.

Was sich nun vor Christinas aufgerissenen Augen auftat, war ein ihr bis dato unbekannter Schattenriss, eine Erscheinung, welche sich ruhig auf gleicher Höhe hielt wie sie und ihre angeschlagene Freundin. Der Anblick war so gespenstig: Ein riesiger Fisch, gewaltig in seinen körperlichen Ausmaßen, geschätzte acht Meter lang wie geschätzte vier Tonnen schwer! In seiner Gesamtwirkung gedrungen verlief die Linie seines spindelförmigen Körpers von der konisch zulaufenden, stumpf endenden Schnauze über das Hellgrau seines Rückens zur mondsichelförmigen Rückenflosse. Beschleunigung binnen weniger Sekunden sowie anspruchsvolle Manöver, ja, sogar Sprünge aus dem Wasser, um Seehunde zu packen und im Anschluss zu zerfleischen, gehörten in sein Repertoire. Was Christina sogleich ins Auge sprang, war die Bauchseite, markant weiß, strahlend weiß, grenzte sich in einer unregelmäßigen Linie scharf von der Flankenfärbung ab. Lange Kiemenschlitze auf der Seite verstärkten den Eindruck eines Kraftprotzes um ein Vielfaches. Die vernehmlich sichtbaren, wenn auch relativ kleinen Augen stachen wie pechschwarze giftspritzende Perlen hervor, niemals Gutes verheißend.

Doch, was augenscheinlich überwog und alles weit in den Schatten stellte, war das augenfällige Gebiss. Dieses prägte umso mehr das Bild, als dass die kräftigen Kiefer keine Lippenfalten aufwiesen. Unübersehbar fiel Christina die geschlossene Schneidekante auf, welche mit breiten, dreieckförmigen sowie mit gesägtem Rand versehenen Reißzähnen, quer übers längliche Maul, bestückt war. Dies war unleugbar, wie in der Fachsprache als Revolvergebiss bekannt, die perfekte Maschinerie oder Ausstattung eines Jägers, eines Räubers, ja, Großräubers!

Minutenlang geschah nichts, beängstigend nichts.

Einmal zog der lauernde Raubfisch seine Kreise beklemmend eng, dann wiederum aufatmend grösser; immerzu sein gefräßiges Maul zur Schau stellend.

Dann, plötzlich,
war er
weg!

So schnell wie er vorhin aufgetaucht war, so schnell war er wieder verschwunden.

Aus dem Nichts.

Zurück ins Nichts.

Entweder war sein Hunger gestillt oder sein Interesse erloschen, dachte Christina, die nervenaufreibende Stille, welche einsetzte, kaum aushaltend. Was soll ich jetzt nur tun, schoss es ihr durch den Sinn. Rasch auftauchen? Dadurch wäre sie jedoch noch längst nicht in Sicherheit! Sicher möglichst schnell weg von hier, wie immer dies gehen sollte! Denn eines war ihr mehr als klar: das bislang anmutige Meer, ihre unbescholtene Welt, war binnen Kürze in eine unberechenbare Todeszone verwandelt worden, der Meereslustgarten in eine todbringende Falle!

Nun ja, allzu viel Zeit zum Zaudern blieb ihr nicht. Denn, wie ein geräuschloser Blitz aus der Schwärze der Tiefsee schoss der böse Fisch, das Weiße Ungeheuer, wieder empor, ein erneuter Hieb, schärfer als hundert Rasierklingen. Ein betäubender Schlag; und der dritte Ruderfuß der Lederschildkröte wurde abgebissen und sogleich zur Speisung verschlungen, ein erneutes Häppchen vor dem Hauptakt! Dieser ließ nicht lange auf sich warten. Den letzten Akt des absehbaren Dramas kündigte nun ein starker Sog, der die Wassermassen heftig durcheinander wirbelte, an. Augenblicklich tat sich nun vor Christina ein meterhoch aufgesperrtes blitzendes Klingengebiss auf. Literweise Blutflüssigkeit versprengte in den wild sprudelnden Blasen, als sich die zwei Zahnreihen von oben wie unten her kommend, mit 1 Atmosphäre Druck, durch die Weichschale des wehrlosen Opfers bohrten, es packten, unentwegt heftig schüttelten, bis es ihm den Großteil seines Fleisches aus dem Leib gerissen hatte. Benommen vom grausigen Anblick hielt Christina beide Hände vors Gesicht, schluchzte bittere Tränen ins salzige Wasser. Was war dies nur für ein bösartiges, schreckliches Ungetüm, das ihre Freundin vor ihren Augen bei lebendigem Leibe zerfleischte?!

Zweifelsfrei war dies der perfekte Angriff; die überaus geschickt angelegte Taktik eines verdeckt agierenden Strategen, der sich von vornherein einen Plan seiner Vorgehensweise zurechtgelegt hatte. Dabei die Gesamtheit der Faktoren, die einen ungünstigen Einfluss auf seine Aktion haben könnten, mit einkalkulierte. Nun denn, die Rechnung ging ihm mehr als auf: Planung, Aufstellung wie rasche Umsetzung seiner räuberisch veranlagten Konzeption waren geglückt.

Zutiefst geschockt gewahrte Christina wie der Rumpfteil des Opfers wie ein weggeworfener Blutklumpen Fleisch regungslos durch das Wasser schwebte. Der einzig übriggebliebene Ruderfuß zuckte dabei mehr unbeholfen im unverändert lieblichen Schein einfallender Sonnenstrahlen. Der Kopf, im ganzen Drama erstaunlich unversehrt geblieben, hing halb benommen am Reststück der Schale. Von welcher Bedeutung, welchem Nutzen, er nunmehr noch war, denn die Substanz, der Leib, war weg, war nicht abzusehen. Eins war hingegen unverzüglich klar: der Raub, die anschließende Ausbeutung, waren damit vollzogen, das Überleben des Großjägers der Meere, zumindest *zeitweilig*, gesichert.

Unmittelbar die Kälte des Wassers spürend, riss sich Christina selbst wieder zurück zu Sinnen. Mit einem Schlag wurde ihr bewusst, in welch großen Gefahr sie sich befand! Ein Jäger dieses Großkalibers gibt sich bestimmt nicht mit Häppchen zufrieden, schoss es ihr so spontan wie richtig durch den Kopf. Ihre Kalkulationen, welche sämtliche Fluchtinstinkte in ihr als Kind weckten, sollten sich nicht als unbegründet erweisen. Kaum hatte sich das rotverfärbte Wasser einigermaßen wieder geklärt, blickte sie dem Silberpfeil frontal ins Angesicht. Keinerlei Zeit verschwendend hatte sich dieser in Stellung gebracht, schoss nunmehr wie ein Wassertorpedo auf sie zu. In äußerster Bedrängnis schrie Christina jeweils: ›Mama, Papa! So helft mir doch! Warum guckt ihr denn nur zu?!‹ Dies waren ihre letzten Worte, ehe sie im Schlund des bösen Fisches verschwand und derweil sich dessen spitzen Zahnreihen in ihren Leib bohrten. Sogleich umhüllte jeweils dichte Finsternis ihr Bewusstsein. ›Mama, Papa! Warum helft ihr mir denn nicht?! Mein Gott, warum hilft mir denn niemand?!‹, hallte es noch eine Weile schluchzend nach, ehe sie schweißgebadet aus ihrem Traum erwachte.

Ψ Ψ Ψ

Schmerzliche Erinnerungen und offene Wunden

»Ich habe wieder von ihm geträumt, Mama!«, sagte Christina mit traurigen Augen, blickte zu Mutter, derweil die Novemberböe ihr langes schwarzes Haar wild um ihre koreanischen Gesichtszüge, ein Erbstück väterlicherseits, flattern ließ. Ihre Mähne, welche sie in der Regel als Pferdeschwanz trug, hatte sie zwar unter ihrer roten Wollmütze mit Elchmuster festgemacht, zum x-Mal, doch die entfesselten Elemente am Strand des Jakob Riis Parks, in Neu Yorks östlichem Stadtteil Queens gelegen, ließen sich an diesem Sonntagmorgen nicht bändigen. Rechts bei ihrer Mutter eingehakt, Biggi links, stemmten sich die drei Frauen gegen den eisigen Polarwind, welcher ihnen unablässig ins Gesicht schnitt.

»Du meinst, der böse Fisch?«, fragte Claudia, strich sich dabei eine Strähne ihres aschblonden schulterlangen Haares aus dem Gesicht. Ihr ansonsten tiefblaues Augenblau schien unter dem derzeit rabenschwarzen Wolkendach seine Wirkung verloren zu haben. Oder waren es vielmehr die Umstände, die sie vor gut zwei Monaten aus der Bahn geworfen hatten, auf brutale Weise, ohne Vorwarnung, und ihr Leben seither in düstere Grautöne tauchte? Grauer noch als das ungestüme Meer da draußen!

»Nein, ja, also, ich meine«, sagte Christina, verwundert darüber, dass ihre Mutter umgehend an ihre seelische Altlast dachte. Eigentlich hatte sie seit Jahren nicht mehr darüber gesprochen, bewusst verschwiegen. Und jetzt fragte Mutter spontan danach? »Nein, von diesem habe ich *tatsächlich* heute Nacht geträumt! Aber eigentlich habe ich an Papa gedacht, in der Regel träume ich von ihm!«

Seufzend, und mit betrübtem Gesichtsausdruck, strich sich Claudia erneut eine lose Strähne weg, während ihr ruheloser Blick übers dunkle Wasser streifte, sagte dann: »Papa, ach ja. Da geht es uns vermutlich allen gleich. Ich hatte heute Nacht auch einen Traum, wo er auftauchte. Immer die gleichen Szenen! Wie sie von der Wache losziehen, den Turm raufstürmen, bis er ….«

»Wir träumen doch alle von nichts anderem mehr!«, äußerte sich nun Biggi verdrossen, biss sich auf ihre rosa Lippen, bis sie rot waren. Die Kälte war wirklich kaum auszuhalten heute Morgen, und doch hatten sie sie bewusst gesucht, als wollten sie dadurch ihre Wunden kühlen, im Augenblick der einzige Weg, den Irrsinn und Schmerz auszuhalten. »Ehrlich gesagt, kann ich kaum mehr an etwas anderes denken. Es verfolgt mich Tag und Nacht! Papa ist mir *nonstop* präsent!«

»Wem nicht«, fügte Claudia leise an, vermied es bewusst ihren Töchtern zu sagen, was sich für sie täglich zu einer Gewissheit verfestigte, nämlich, dass ihre Familie fortan unvollständig weiterbestehen musste. Dann zu Christina blickend: »Glaubst du, dass dies Zufall ist?«

»Was Zufall, Mama?«

»Dein Traum vom bösen Fisch. Ich meine, in einem gewissen Sinn hat uns am 11. September alle ein bösartiger Fisch überfallen. Auf ganz rabiate Art und Weise!«

Christinas Antwort ließ einen Augenblick auf sich warten, dann: »Hm, weiß nicht, könnte sein, eine gewisse Parallele steckt durchaus drin.« Weiter draußen tobte unentwegt der aufgewühlte Atlantik, schien noch lange nicht zur Ruhe zu kommen. Mächtige Wellen wurden in der Ferne von sturmartigen Böen aufgepeitscht, mit lautem Krachen an den flachen Sandstrand geworfen. Zischende Schaumkronen drangen in ihren letzten Ausläufern bis nahe an Christina heran. Es war ihr, als könnte sie die unbändige Kraft des Meeres förmlich riechen, sein Salz, seine feine Gischt, welche es weit in den Flachstrand hineinspritzte. »Was wir vor zwei Monaten Schreckliches erlebt haben, würde eigentlich ganz gut ins Schema passen. Da ist ja auch wie aus dem Nichts ein monströses Ungeheuer aufgetaucht und hat in dem Fall Papa verschlungen.«

»Dies würde alles zusammenpassen«, sagte Claudia, zupfte sich ihren seidenen Schal zurecht. Allmählich wurde es ungemütlich, wenngleich sie das ausklingende Sturmwetter in vollen Zügen genoss. Irgendwie paradox. Aber was war nicht paradox zurzeit? Alles war paradox, machte keinen Sinn!

»Vielleicht versucht mein Unterbewusstsein mit eigenen Mustern damit fertig zu werden, überträgt es dabei auf Altbekanntes«, sinnierte Christina weiter, mit den Schultern zuckend, wischte sich die leicht klebrige Schicht von ihren Wangen. »Mensch, klebt das!«

»Oder vielleicht ist es gerade umgekehrt, gar ein Omen!«, meldete sich nun Biggi, als ob ihr soeben eine neue Erkenntnis eingegeben worden wäre. Ihr ganzes Äußeres bildete das perfekte Kontrastprogramm zu ihrer älteren Schwester, schlug in vielerlei Hinsicht ihrer Mutter nach und erfüllte körperlich nahezu jedes Klischee einer Germanin: straffes blondes Haar, wie Mutter Mittelscheitel, stahlblaue Iris, strackgewachsen nach dem Vorbild ihres deutschen Großvaters, der auch in Konstanz, seiner süddeutschen Heimatstadt am Bodensee, aus der Menge ragte.

»Wie ein Omen?«, fragte Christina, überrascht und neugierig, drehte den Kopf zu ihrer Schwester. Bisweilen bestach ihre Schwester durch interessante Äußerungen und Vergleiche, die ihr nie gekommen wären.

»Ja, sozusagen eine Vorahnung, eine Vorwegnahme, was eines Tages mal mit Papa geschehen würde.«

»Hm«, stutzten Claudia und Christina gleichzeitig, sich gegenseitig mit rätselndem Blick musternd; Claudias Stirn legte sich unmittelbar in Falten. »Meinst du wirklich? Ist dies nicht ein bisschen weit hergeholt? Ich meine, Christina verfolgt dieser Albtraum, seit sie auf der Welt ist. Da einen Zusammenhang zu sehen …«

»Aber solche Phänomene gibt es doch«, wendete Biggi sogleich ein, einen leichten Unmut in sich verspürend, da ihr schien, dass ihr – nicht zum ersten Mal – niemand Glauben schenken wollte. Unmittelbar löste sie sich von Mutters Arm, begutachtete ihre in zwei konträren Farben bestrichenen Fingernägel. Alles noch in Ordnung, nahm sie mit Erleichterung zur Kenntnis. Florina, ihre beste Freundin aus der Nachbarschaft, würde ihr nicht die Show stehlen. Noch nicht!

»Schon, aber …«

»Wieso ›aber‹, Mama? Hast du vergessen, was du uns immer erzählt hast?«

Unmittelbar machte sich Verlegenheit in Claudias stark unterkühlten Wangen breit, ließ ihre gerötete Stupsnase kräuseln, als ob sie mit einer Feder gekitzelt würde. Obgleich ihr Biggi bislang mehr Kopfzerbrechen bereitet hatte als Christina, welche immerzu über mehr Selbstsicherheit verfügte, so entlockte ihr Papas blonder Engel mehr Schmunzeln. »Du meinst die Geschichte von Onkel Jans Kanarienvogel?«

»Ja.«

»Aber, ich glaube, dies kannst du kaum vergleichen, Biggi. Das war *harmlos* im Vergleich zu dem, was Papa widerfahren ist.«

»Warum denn nicht? Der arme Vogel ist auch verdurstet und tot vom Stängel gefallen. Wie du immer gesagt hast, muss das ziemlich zeitgleich geschehen sein, oder kurz bevor die Beduinen Onkel Jan fanden. Gewissermaßen ein Omen!«

»Ja, schon, aber das hatte vielleicht vielmehr mit Omas Nachlässigkeit zu tun, weil sie vergessen hatte, den Trinkbehälter aufzufüllen. Und es war eine ungewöhnliche Hitzewelle in jenem Sommer. Dass mein eigenwilliger großer Bruder unbedingt alleine mit dem Fahrrad durch die Sahara pilgern wollte, nur um sich etwas zu beweisen, hat ja damit nicht direkt zu tun. Abgesehen davon hat er überlebt, wenngleich stark hydriert und mit unglaublich viel Glück! Oma hat ihn bereits abgeschrieben. Ich weiß noch: das war ein Drama zuhause!«

»Trotzdem. Oma hat doch erzählt, dass sie als Kind auch immer einen seltsamen Traum gehabt hatte. Auch mit einem Kanarienvogel interessanterweise. Der wurde zwar von Nachbars Katze gefressen, aber so ein Omen steckte doch auch drin, auch wenn's dann glücklich endete mit Jan.«

»Was bei Papa wohl kaum der Fall sein wird. Ich nehme nicht an, dass er eines Tages vor der Türe stehen wird. Nein! Das wäre zu schön, um wahr zu sein. Die Realität hier ist eine andere.« Thomas kommt nicht mehr zurück, dachte sie leise für sich, so hart dies war!

Halb Ohr lauschte Christina der Konversation von Claudia und Biggi, kannte diese Familienanektote in- und auswendig. Was *derzeit* ihr Gemüt bewegte, war weniger das Schicksal eines lapidaren Kanarienvogels und seines abenteuerdurstigen Besitzers. Oder die Frage, ob ihrem Albtraum aus der Kindheit eine tiefere Bedeutung innewohnte. Vielmehr umtrieb sie die quälende Ungewissheit, wo Papa sich befand, als ES passierte, wie es ihm wohl in den letzten Stunden und Minuten seines mutmaßlichen Ablebens ergangen war. Ob er sich bewusst war, was vor sich ging? Musste er noch lange leiden oder ging es kurz und schmerzlos? Ja, und überhaupt, WO war er eigentlich?! Gehörte er zur Gruppe der Feuerwehrleute, welche beim Einsturz des Südturmes ums Leben kamen, dabei gleichermaßen überrascht wurde wie die ganze Welt, welche am Bildschirm das Unfassbare fassungslos mitverfolgte? Oder schaffte er es vielleicht im letzten Zwick vorher raus, wurde dann aber von herabstürzenden Teilen getroffen oder darunter begraben? Gemäß Auskunft des Departements, wenngleich mit Vorsicht zu genießen, befand sich seine Einheit im Südturm, stürmte eines der Treppenhäuser hinauf, auf der Suche nach gefährdeten Menschen, um sie zu evakuieren? Doch war dem wirklich so? Schließlich sagte sie zu Mutter und Schwester, fast etwas vorwurfsvoll: »Wisst ihr was? Ich erfriere bald! Können wir nicht langsam umkehren? Ehrlich gesagt, mag ich jetzt nicht über alberne Kanarienvögel und Onkels auf ihren skurrilen Selbstfindungstrips nachdenken.«

Überrascht starrten beide sie an. Unmittelbar erkannte Claudia die Banalität ihres Themas, realisierte, dass sie gegenwärtig doch ganz anderer Kummer in Beschlag nahm! Andererseits, wie der Spaziergang bei ungewöhnlichen Witterungsverhältnissen wie heute, so tat es doch gut, wieder mal auf andere Themen sprechen zu kommen als immerzu um die gleiche Ödnis zu kreisen. Die seit zwei Monaten tiefklaffende Wunde in ihren Seelen würde noch lange Ursache des Schmerzes sein. Dieser Horror und Terror war unauslöschlich Teil ihrer Lebensgeschichte geworden, ob sie diese Vorstellung nun mochten oder nicht. Etwas Ablenkung und Verdrängung war bisweilen gar keine schlechte Strategie, um sich selbst nicht noch verrückt zu machen. Das hatte ihnen Oma Gerlinde nahezu eingehämmert, aus guter Erfahrung.

»Weißt du, Mama«, sagte Christina, ihren Blick auf die wohlbekannte Sandpiste vor ihnen gerichtet, »dies hier erinnert mich an allen Ecken und Enden an Papa, an früher. An unsere Ausflüge hierher, im Sommer, wenn's richtig heiß wurde, und der Badestrand knallvoll war. Weißt du noch?«

»Natürlich, Tüchlein an Tüchlein war das hier«, bemerkte Claudia schmunzelnd, sich der Erinnerung hingebend. »*Das* war ja jeweils eine Bescherung hier! Es war schon gut, wenn wir möglichst unter der Woche hierher kommen konnten, wenn es von Papas Schicht her ging.«

»Oder wenn Nicolaas und Amber mitkamen«, sagte Biggi, welche desgleichen von einer Art nostalgischen Welle erfasst worden war. »Das waren die tollsten Ausflüge!«

»Du meinst, weil es dann zwei Extraportionen Eis von Lyke gab?!«, sagte Claudia, ein herzhaftes Lachen nicht verkneifend, da die Vorstellung zu amüsant war, wie die Kinder jeweils bettelten und Lykes großes Herz kaum Nein sagen konnte.

»Na, klar, welche Kinder springen nicht auf so etwas an?!«

Ein spontaner Seufzer entwich sogleich wieder Claudias Brust; sie hob an, um tief Atem zu schöpfen, sagte dann: »Soll ich euch was sagen, Mädels? Eigentlich gut, dass wir dies alles gemacht haben, nicht? *Das* kann uns niemand mehr wegnehmen, auch wenn euer Vater nicht mehr da ist.«

Ja, Thomas, ihr Mann – was war nur aus ihm geworden? Das letzte Mal, als sie ihn lebendig gesehen hatte, war an jenem harmlosen Septembermorgen, vor gut zwei Monaten, als er wie immer guter Dinge das Haus verließ, sich zur Arbeit aufmachte, den Hausschlüssel auf der Kommode beim Eingang liegenließ und sie ihm noch hinterherlief, doch war er schon weg.

Weg aus ihrer Straße, weg aus ihrem Leben!

11. September 2001:
Wenn dies nicht das Ende der Welt ist!

»Na, Bob, war was los heute Nacht?«, fragte Thomas, als er mit einer Tüte Bretzeln in der einen und einem Pappbecher heißen Kaffees in der anderen Hand zur Tür des Chefbüros eintrat, diese lässig mit dem Stiefel hinter sich zustieß. Es war morgens um acht Uhr, Schichtwechsel auf der Feuerwache.

Unmittelbar fing ihn ein missliebiger Blick ein, dann eine frotzelnde Männerstimme, welche soeben eine Nachtschicht hinter sich hatte: »Zuerst mal guten Morgen, der Herr! Immer noch keine Manieren gelernt! Und immer noch diese furchtbaren Klamotten an! Noch nichts von Kleidervorschiften gehört?! Muss ich wohl gleich nach oben melden?! Ein Schlendrian ist das heute auf unserer guten alten Feuerwache! Gab's früher nicht, nicht hier auf der 125. Straße in Harlem!«

Etwas gar locker ließ Thomas die Tüte vor Bob aufs Pult fallen, welcher lässig im knorrigen Holzstuhl hing, so gut es ging, seine müden alten Knochen übereinander gekreuzt auf dem Tisch. »Wirst langsam alt, Alter!«, meinte Thomas zu ihm. Uh, das Wort Alter kam bei Bob gar nicht gut an!

»Wieso? Jetzt wirst du auch noch frech, Gartenschlauch!«, sagte Bob, graumeliertes ehemals schwarzes Gelhaar, sichtlich in die Jahre gekommen, aber mit 57 noch fit genug, einem Neuling die Haken zu schlagen, nahm eine Bretzel mit Salzstreu drauf, biss herzhaft rein. Mmmmmhh …

Thomas versetze ihm einen freundschaftlichen Klaps auf die Schulter, meinte: »Also früher war mehr mit dir los, Bob Santora! Bist nur noch ein Abklatsch deiner selbst, so wie du nur noch herumhängst und frötzelst.«

»Du bist gut, Thomas Sanders! Ich habe eine tierisch strenge Nacht hinter mir und du platzt mir hier rein und klopfst frisch ausgeruht deine abgewetzten Sprüche!«

»War's so streng?«, sagte Thomas mit lautem Gähnen. »*Ich* hatte es streng, wenn du weißt, was ich meine.«

»Du alter Bock!«

»Nein, nicht so, Bob!«, widersprach Thomas ihm unmittelbar, schnappte sich ein Salzgebäck und biss sich ein Stück herauszehrend ab.

»Wie solll man denn das verstehen?«

»Wie verstehst du es denn?«

»Wie man dies eben so versteht. Komm Thomas! Also, jetzt spiel hier nicht wieder die Monroe. Zeig mal die Fingernägel her!«

Amüsiert nahm Thomas den Kaffee in die Hand, spülte runter. Spontan verzog er seine Lippen zu einem breiten Lächeln, was seine halbkoreanischen Augenzüge unter dem noch rabenschwarzen Haar listig aussehen ließ, aber auf die sympathische, man könnte sagen, spitzbübische Art. Vielmehr wie eine Art gealterter Lausbub, der sich unlängst entschieden hatte, erwachsen zu werden, oder doch nicht, noch nicht, nicht so ganz.

»Manchmal wird man eben gezwungen den Held zu spielen und für seine Nachbarn einzuspringen, wenn sie notfallmäßig weg müssen.«

»Notfall?«, blickte zu Thomas auf, kauend und stirnrunzelnd, was angesichts der Menge an Falten kein unüberwindliches Problem darstellte.

»Ihr Jüngstes, die kleine Nora, ist in eine Scherbe reingelaufen, in der Küche, hat vorher ein Glas runterfallen lassen.«

»Ja, kommt vor. Besser?«

»Ja, Glück gehabt. Dies hieß aber für Claudia und mich, die halbe Nacht auf drei kleine Ungeheuer aufzupassen, im besten Alter.«

»Lass mich raten: zwischen vier und acht?«

»Du solltest Wahrsager werden, Bob, hättest Riesenerfolg, besonders bei der Feuerwehr!«, sagte Thomas laut lachend und stellte seinen Pappbecher auf das Pult. Dann streckte und reckte er sich alle Glieder, stieß einen beherzten Seufzer aus. »Aber, ich fühle mich trotzdem gut heute Morgen, hatte ein bisschen Bleifuß gehabt. Nur schon allein die Tatsache, dass wir dies schon lange hinter uns haben, ist ein Aufsteller. War ja schon schön mit den Mädels.«

»Aber es ist auch schön, wenn sie mal erwachsen sind, willst du sagen«, beendete Bob Thomas' Gedanken, in eigener Person auf vielerlei Erfahrung zurückblickend, sieben Kinder aus zwei katholischen und einer presbyterianischen Ehe. »Jetzt weißt du, warum ich so gerne Opa bin! Am Ende des Nachmittags wieder abgeben!«

Wie Bob im ernsteren Teil nach ihren Neckereien zu berichten wusste, gab es keine besonderen Vorkommnisse in der Nacht auf den 11. September 2001. Stinknormal, alles, ja direkt langweilig, fand er, bedankte sich bei Thomas für das frühe Eintreffen, da er so noch den Zug nach Neu Jersey erwischen würde. Wie ein wärmespendender Seemannspullover im Winter, so dick war ihre Kameradschaft auf der Feuerwache. Solidarität und Gemeinschaftssinn groß geschrieben, wenngleich sich ihre Frauen bisweilen fast eifersüchtig beklagten, da sie von ihren Männern nicht im Ansatz so viel abkriegten. ›Aber, das wusstest du doch, Liebling, als du dir einen solch strammen liebeshungrigen Feuerwehrmann wie mich geangelt hast‹, besänftigte Bob seine süße Kleine, küssend, welche er im vierten Eheanlauf im Fitnessstudio kennengelernt hatte und sie dabei jeweils fest an sich und seinen konkurrenzlosen Südländercharme schmiegte. ›Damit leisten wir einen wertvollen Dienst an der Gesellschaft und damit an unseren Familien.‹ Womit jetzt eigentlich?

Zur gegenwärtigen Uhrzeit kam richtiggehend Gedränge in den Gängen sowie in der Küche auf. Begrüßungen und Übergaben fanden statt, lösten Kommende Abtretende aus der Nachtschicht ab, Berichte, mündlich sowie später in schriftlicher Form, datierten die geschätzten Kollegen auf. Bob kümmerte sich minutiös um die Ausrüstung, ja, er war sehr gewissenhaft, wenn es um die Arbeit ging, warf einen Blick auf Akkus und Funkgeräte, ob sie am Aufladen wären. Dies war zwar nicht die Aufgabe der Nachtschicht, doch wollte er sich bei Thomas im Gegenzug dafür bedanken, dass er ihn so früh ablöste. Dann tauschte er sich zum Ausklang unter viel Gelächter und Schenkelklopfen mit Christopher Palazzo,

Michael Schardt und Kevin Henderson in der rammelvollen Küche aus, mehr über Privates wie Michaels taufrische Scheidung von gestern Nachmittag oder Kevins Aufnahme im Faustballclub. ›Na, dann schlägst du dich ja von jetzt an doppelt so gut!‹, zündete ihn Bob an. Die Antwort kam natürlich postwendend, zum Sport passend: ›Willst mal gleich eine erfahren?‹ ›Wenn du dann Profi bist, gerne! Dann triffst du auch was bei mir!‹

Schweigsam stand Thomas währenddessen vor seinem Spind, hüllte sich gemäß der Kleidervorschrift in sein Hemd, mit weißem Kragen, heftete ritualmäßig und in aller Ruhe das Rangabzeichen eines Chefs an, einem goldenen Eichenlaub. Das silberne, welches er anstrebte, war für die nächste Stufe aufgehoben. ›Aber die erreiche ich in absehbarer Zukunft!‹, versprach er Claudia wie unter Eid vor dem raumhohen Schlafzimmerspiegel, mit dem verzwickten Entknoten seiner Krawatte genervt. ›Regan meinte letzthin, dass ich reif dafür sei! Find ich auch! Übrigens, hat Christina bestanden?‹ Beflissen putzte Claudia mit der Zahnbürste in der Hand gerade ihre Schneidezähne, murmelte was dazwischen hervor. ›Klar, Thomas, deine kluge Tochter hat dies wieder mal super auf die Reihe gekriegt! – spuckte aus – Nur die Semesterarbeit will nicht in die Gänge kommen. Ich weiß auch nicht, woran es harzt. Aber du weißt ja, sie hat manchmal so Phasen.‹

Um 0848 Uhr hallte dann plötzlich Lärm durch die Gänge! Auslöser war ein Ereignis, welches drei Minuten zuvor, vor der ersten Fernsehausstrahlung auf WNYW, überall im Umkreis des Nordturms des Welthandelszentrums durch ein kurzes Zischen sowie einem anschließenden unnatürlichen Aufprall in luftiger Höhe unmittelbar großes Aufsehen erregte. Sei es auf den Straßen oder hinter den Büroscheiben: überall fassungslose, ungläubige Gesichter, die zu Tode erschreckt gen Himmel starrten!

›Was war *das*?!‹

Auf einem Bein hüpfend, im Versuch sich die schnittige Uniformhose ganz anzuziehen, wich Thomas erst einigen Remplern von aufgeschreckten Kollegen aus, fiel fast hin, schaffte es dann aber, so ins Büro rüber zu hoppen, knöpfte sich die Hose fertig zu. Da hatte sich bereits die halbe

Wache vor dem Fernseher versammelt, blickte gebannt auf die absurdhorrenden Bilder auf dem Bildschirm.

»Mein Gott! Seht euch *das* an!«, rief Frank Giberson, stupste seine Kollegen links und rechts an der Schulter, als ob die blind wären und nicht mitkriegten, was sich da soeben vor ihrer aller Augen Monströses abspielte. »Ich glaube, ich spinne! Das ist das Ende der Welt!«, flüsterte er laut. Unmittelbar sickerte nach der ersten Fassungslosigkeit und dem ersten Schock bei den Versammelten die Erkenntnis durch, dass eine Berufsgruppe gleich besonders auf Herz und Nieren geprüft würde, nämlich *sie*! Denn beinahe zeitgleich wallten gewaltige schwarze Rauchwolken um die Brandstelle in schwindelerregender Altitude, ließen die Hölle dahinter erahnen.

»Was war denn das? Etwa ein Flugzeug?«, fragte Scott Belson, als erster sich aus der Schockstarre lösend, obgleich ihm vermutlich die Antwort schon bekannt war. »Täusch ich mich oder ist da soeben eine Maschine in den Turm geknallt?«

»Ja, sieht ganz so aus«, erwiderte Frank Giberson am ehesten zu einer Erwiderung fähig, wie alle den Mund weit offen und die Augen ungläubig aufgerissen.

»Und kein Zufall!«, brummelte Bob ernst.

»Du meinst ein …?«

»Ja! Ein Angriff, ganz klar, so etwas geschieht nicht einfach. Wer auch immer dahintersteckt!«

»Mein Gott, wie kriegen wir nur die Menschen da oben raus?«, stellte nun Christopher Palazzo, einer der jüngsten im Feuerwehrmannsbunde, die für sie entscheidende Frage. »Kriegen wir die überhaupt noch raus?« Unmittelbar trafen ihn Bobs und Thomas Blicke, Blicke, die ohne ein Wort zu verlieren, die unschöne Antwort lieferten im Sinne von: ›Vergiss es! Keine Chance da oben!‹ »Nichts wie hin, Chef!«, verlautete aber nun der allgemeine Schlachtruf in den Hallen. Doch Thomas, als dienstablösender Battalionschef, winkte ab. Noch keine Anweisung reingekommen! – Brauchen wir die überhaupt, in einem solchen Fall? – Klar! Keine Frage! Ohne Anweisung läuft bei uns gar nichts, das wisst ihr doch! –

Bei diesem Ausmaß brauchen die doch jede Kraft! Worauf warten wir noch? – »Nein!«, sprach Thomas bestimmt, wenngleich es ihm unermesslich schwerfiel. Wer konnte beim Anblick solcher Bilder tatenlos zusehen und Däumchen drehen? In jedem Feuerwehrmann schoss da sogleich eine innere Stichflamme auf! Kurzerhand griff er zum Hörer, um Abklärungen vorzunehmen.

Bisweilen entschied eine höhere Stelle, und das war gut so. Spätestens, als um 0903 Uhr das Schicksal erneut grausam zuschlug, und zwar von Süden her. Auch diesmal war der Schrecken nicht annähernd fassbar, als jedermann vor dem Bildschirm in Echtzeit zugucken konnte, wie sich ein silberner Blitz vom rechten Rand her kommend in den noch unversehrten Südturm bohrte. Sogleich entbrannte ein zweites Inferno, mit einem riesigen Feuerball und gewaltigen Rauchballen, welche die Szene in eine übernatürliche, absurde Erscheinung umwandelten. Umgehend wurde dem letzten Zweifler klar: dies war kein Zufall, kein Unfall, kein Versehen eines ungeübten Amateurfliegers, kein durchgeknallter Ex-Mitarbeiter auf Rachetour, sondern ein gezielter Terrorangriff! War es wohl der letzte oder würden weitere folgen? Kein Mensch wusste es, außer die Verursacher.

Mittlerweile nun nervös geworden griff Thomas erneut zum Hörer, wählte die interne Nummer der Einsatzzentrale für Manhattan – 261 – mit der Anfrage: »Hey, Jungs, könnt ihr da unten wirklich keine Verstärkung gebrauchen? Sieht ja höllisch aus, da oben in den Türmen! Wahnsinn! Und jetzt brennen beide! Was? Ja? Okay!« Mit fester Stimme und leicht zittrigen Fingern, wiederholte er die Anweisung der Einsatzleitung aus Manhattan. Diesmal lautete diese umgekehrt: »Fahrt los, Jungs! Sofort ausrücken! Gleich! Um Himmels Willen raus, worauf wartet ihr noch?! Hier herrscht die absolute Katastrophe, und wir brauchen jeden Mann!«

Schweigsam schauten sich Thomas und Bob kurz an, blickten finster drein. Was sie in dieser Stunde und Minute erlebten, überstieg ihr Vorstellungsvermögen. Das war vielleicht nicht das Ende der Welt, aber bestimmt nahe dran! Die brennenden, schwarzqualmenden Riesenlöcher in den gigantischen Welthandelstürmen da oben, das stolze Wahrzeichen der

Stadt, würden eine extrem schwierige Bergung und Rettung bedeuten. Aber sie mussten da rauf, die Jungs vor Ort unterstützen! Irgendwie! Auf der Stelle! So gefordert wie jetzt waren sie noch nie, obgleich beide etliche Jahre im Dienst auf dem Buckel hatten, und würden sie es vermutlich auch nie wieder sein. Schade für Michael, seinen Bruder, dachte Thomas leise für sich. Endlich war ES da!

Claudia! Christina! Biggi! schoss es Thomas weiter unmittelbar durch den Sinn. Waren sie in Sicherheit? Offiziell befanden sie sich nicht in der Gefahrenzone, Christina sogar ganz in der Nähe von hier, auf der Columbia, nahm er zumindest an. Aber noch viel entscheidender war die Frage: Wussten sie, wo *er* war? Dass er soeben zum größten Katastropheneinsatz in der Geschichte dieser Stadt gerufen worden war? Zeit zum Telefonieren blieb keine, denn nun war seine straffe Führung als Battalionschef gefragt: »Los Männer! Bewegt euch! Die Muffins könnt ihr von mir aus nachher runterschlucken!«

Inneres Verdunkelungsgebot

Am frühen Morgen waren Claudia und Biggi in Suffern, einem kleinen beschaulichen Vorstadtidyll am Fuße der Ramapoberge und eine gute Autofahrstunde nordwestlich von Neu York gelegen, in ihr Fahrzeug gestiegen, um hierher ans Meer zu fahren. ›Weißt du was, Biggi? Ich muss wieder mal so richtig ans Wasser‹, hatte sich Claudia spontan am Vorabend entschieden, ›einfach mal wieder durchlüften!‹ Was in ihrer Terminologie bedeutete: an einen Ort, wo der Atlantik nach der Sommermilde seine herbe Seite machtvoll entfalten würde; dorthin, wo Lebenskraft bestimmt noch in seiner ursprünglichsten wie unverfälschten Naturgewalt stattfand. Gerade diese erwies sich in den gegenwärtigen turbulenten Zeiten als äußerst karg. ›Wie wäre es mit dem Jakob Riis Park?‹, schlug Biggi daraufhin während des Nägel Lackierens vor. Die Wahl fiel auf Violett mit Dunkelorange. Claudia brauchte keine Bedenkzeit, war umgehend damit einverstanden: ‚Ja, gute Idee, Biggi! Der Riis Park ist doch immer eine gute Adresse, find‹ ich auch. Ich kläre mal ab, ob Christina auch Lust hätte. Sie könnte ja direkt von Neu York aus kommen, und nachher mit uns nach Suffern.‹ Da sie bei Christina offene Türen einrannte, kam es, dass sie tags drauf, am Sonntagmorgen, beflissentlich ihre Pläne in die Tat umsetzten, nahezu schon in einer kindlichen Vorfreude. Die Siebensachen waren umgehend gepackt; das etwas südlich der Jamaica Bucht gelegene Torweg Naherholungsgebiet angesteuert. Dieses bildete zusammen mit weiteren Randflecken Teil des Neu Yorker Hafennationalparksystems.

Hinter ihrer Absicht steckte ein tüchtiger Schuss Sommernostalgie, die es nach dem ganzen Horror und Terror des Elften Septembers erst wiederzuerwecken galt. Doch war es weit mehr als das. Vielmehr die Sehnsucht, die gute Erinnerung an unbeschwerte Tage, als ihr Familienverband noch in intakter Form Strandgefühl brauchte. Denn hier in der südwestlichen Ecke der Rockaway Halbinsel, östlich von Fort Tilden wie westlich des Rockaway Strandes, gab es einen großen, ausladenden Sandstrand, wo es sich herrlich flanieren ließ, ohne jedoch zu dieser Jahreszeit gleich von den Massen überrannt zu werden. Den Sommer über war es hier, im Grunde genommen, kaum auszuhalten, was sie jedoch nie wirklich abschreckte. Claudias und Thomas Nachwuchs liebte wie alle Kinder Rummel. Diese Gefahr bestand am heutigen Tag indes kaum, da gestern noch ein später Herbststurm mit Eischarakter durchgefegt war und sie die letzten Nachwehen davon schneidekalt auf der Haut eingekerbt kriegten. Eigentlich war es sogar *genau das*, was sie alle drei, wenngleich intuitiv, gesucht hatten. Denn nach dem gewaltigen Sturm vor rund zwei Monaten, der nicht nur wie derzeit ihr Haar luftig zappeln ließ , sondern ihr ganzes Leben vollständig umgestülpt hatte, war nach dem Kollaps der Türme zusehends ihre Innenwelt eingebrochen, und in einem gewissen Sinne, ein riesiges emotionales Trümmerfeld hinterlassend.

»Von mir aus können wir ruhig umdrehen, Christina«, sagte Claudia, rieb sich die klammen Hände und musterte zugleich die Wetterentwicklung am Horizont. Wie es aussah, trat eine Beruhigung ein, ließ immerhin der bissige Wind nun allmählich nach. »Bis jetzt hat der Strand aber gehalten, was die Wetterprognose versprochen hat. Seht ihr, wie der Atlantik immer noch ganz schön peitscht? Richtig schön, würde ich sagen!«

»Und was auch schön ist«, sagte Biggi, »heute haben wir den Strand praktisch für uns allein!«

»Das kann man wohl sagen«, bemerkte Claudia. »Wäre echt schade gewesen, wenn wir zu Hause geblieben wären. Da wären wir doch eh nur herumgesessen und hätten Trübsal geblasen.«

»Allerdings. Nur schade, dass heute keine Kiter da sind«, stellte Biggi mit einer gewissen Enttäuschung in ihrer Stimme fest, währenddessen ihr Blick mit Amüsement dem Windspiel folgte, welches schreiende Möwe wie Papiervögel herumwirbeln ließ, »aber, die kommen vielleicht später noch.«

»Denen ist es womöglich noch zu stürmisch, denke ich. So, wie dies jetzt noch windet, würde es alles gerade zerreißen.«

Unmittelbar stiegen ihnen beiden Erinnerungen ans Herbstfestival auf, als ganz tolle Drachenfiguren den Himmel eroberten, angefangen von Quallen, Langusten, Fischen natürlich, Schmetterlinge und sich sogar Frösche und Taucher darunter befanden. ›Sieht hammermäßig gut aus, nicht?‹, sagte Claudia damals mit Erstaunen und nicht minder Entzücken. ›Mir kommt es vor, als würden die Formen jedes Jahr verrückter.‹ Nun ja, ein gewisser Wettbewerb war nicht wegdiskutierbar.

»Dann läuft uns vielleicht noch Michael über den Weg«, sagte Christina nun mehr scherzhaft, wohlwissend, dass ihr Onkel seit seiner nicht ganz freiwilligen Frühpensionierung regelrecht vom Drachenfieber angesteckt war. »So wie ich ihn kenne, muss als nächstes etwas noch Ausgefalleneres her. Sonst ist er nicht zufrieden!«

Claudias unmittelbares breites Schmunzeln gab ihr Recht. »Würde mich nicht wundern, so angefressen wie Michael ist«, sagte sie, gab sich kurz der Vorstellung hin, wie ihr Schwager vermutlich die halbe Nacht im muffigen Keller zu Hause in Nyack saß und sich dem Basteln und Tüfteln hingab. Wenn Michael sich mal was in den Kopf gesetzt hatte, hatte er es nicht in den Füssen, war er kaum mehr davon abzubringen, nicht immer zur Freude von Lyke, seiner Frau. Ihr Thomas war indes nicht viel anders, konnte wie sein älterer Bruder mitunter recht dickköpfig sein. »Aber soviel ich weiß, sind sie heute zu Hause.«

»Wir könnten auf dem Rückweg doch noch schnell auf einen Sprung vorbei, nicht?«, meinte Biggi.

»Ja, gute Idee!«, sagte Claudia, hauchte ihre Finger an. Ihr Blick fiel direkt auf die beiden Jugendstiltürme, welche 1932 in rötlichem Backstein als Badehaus erbaut in einiger Entfernung in den konfusen Himmel ragten. Vom mittlerweile renovierten Komplex des ehemaligen US-Luftstützpunktes Rockaway aus, namentlich einem der ersten im Lande, startete 1919 der erste Transatlantikflug nach Europa, wurde die erste Luftbrücke zwischen dem Alten wie Neuen Kontinent geschlagen. more …

Relativ schon früh, konkret, in den Zwanzigern des vergangenen Jahrhunderts, erkannte ein gewisser Robert Moses das dringende Bedürfnis armer Einwanderermassen, vornehmlich aus Europa, nach einem Ort der Erholung, an den Stränden vor den Toren der Stadt. Nur mal raus aus den trostlosen Mietskasernen, schmutzigen Hinterhöfen wie überfüllten Straßenschluchten! Von Anfang an wurde die Anlage mit einem guten Anschluss an den öffentlichen Verkehr konzipiert, mit Bus, Bahn sowie einem riesigen Parkplatz für mehr als fünftausend Privatkraftfahrzeuge. Neuzeitig kümmerte sich die lokale Verwaltung der Nationalparkbehörde um die Pflege und Instandhaltung der örtlichen Installationen wie die ordnungsgemäß e Betreibung. Jakob Riis, ein Einwanderer aus dem dänischen Ribe wurde in später Ehrung für seine soziophotografischen Dokumentationen, darunter der Bildband *Wie die andere Hälfte lebt*, – ein eindrückliches Zeitzeugnis über die überaus misslichen Lebensbedingungen der Jahrhundertwende – nicht nur als Fotograf ausgezeichnet, sondern mit der Namensgebung des Parks beehrt.

Etwas schräg gegenüber, in südwestlicher Richtung und bei guten Wettertagen beinahe in Sichtdistanz, befand sich die Halbinsel Sandhaken, vom holländischen Sant Hoek abgeleitet, wie die ersten Erkunder des großen Hafeneinzugsgebiets von Neu York – respektive, Neu Amsterdam, wie die Stadt von ihren holländischen Gründervätern getauft wurde und korrekterweise eigentlich heißt -, die Sandinsel nannten. Während des Zweiten Weltkrieges wurde der darauf befindliche weiße Leuchtturm farblich umgestaltet, um feindlichen U-Booten, vornehmlich aus dem Deutschen Reich, kein leichtes Angriffsvisier zu bieten. Aus demselben Grund galt damals Verdunkelungsgebot in einer Fünf-Meilen-Zone rund ums weitläufige Hafenbecken.

Wiederholte sich da die Geschichte etwa?, dachte Claudia. Galt nun ein neues, inneres Verdunkelungsverbot innerhalb ihrer seelischen Fünf-Meilen-Zone, zumindest bis das Schlimmste überstanden wäre? Und, hatte der von George W. Bush ausgerufene Krieg gegen den Terror nicht erst gerade begonnen mit der Langzeitaussicht, nicht so schnell zu einem Ende zu kommen aller gegenteiligen Beteuerungen zum Trotz? Eins war für sie klar: so schnell wäre diese Krise nicht überstanden! Dafür war sie zu heftig, zu tiefgreifend die unfreiwillige Zäsur ihrer Leben.

Ψ Ψ Ψ

Seltsame Blicke und eine erste Vorahnung, dass da was nicht stimmt

Zeitgleich zu ihrem böigen Spaziergang am Atlantik, geografisch gute hundert Kilometer weiter nördlich, in Nyack, einem Ort auf der Westseite des Hudsonflusses gelegen, saß Lyke Sanders, Claudias Schwägerin, vor ihrem Computer im Obergeschoss ihres freistehenden Häuschens. Dieses stand in einem mit großwüchsigen Bäumen bestandenen Quartier der Ortschaft, eigentlich nicht unweit des Geburtshauses von Edward Hopper. Mit seinen skurrilen Bildern über die Abseitigkeit des Daseins und der Eingezogenheit seiner Dargestellten, dies in seinem eigenwilligen Stil des Amerikanischen Realismus, hatte es der Maler zu Weltberühmtheit gebracht. Gequält, aber dank der äußerst raffinierten Lichtregie dennoch erhellend, ist es Hopper gelungen, die Beziehungslosigkeit oder vielmehr die Entzweiung seiner jeweiligen Objekte zu ihrer natürlichen Umgebung darzustellen. Item, hingen an Sanders Stubenwand zwei lithografische Berühmtheiten des Künstlers, dies nicht nur, weil sie per Zufall in Hoppers Geburtsstadt ihr Domizil behaupteten: Gas und Zimmer am Meer.

Lyke hielt es wie die meisten Besucher, war fasziniert wie irritiert zugleich; ihr Auge suchte desgleichen das fehlende Glied, *die* Verbindung. Hatte damit der begnadete Künstler wohl intuitiv etwas vorweggenommen, was etliche nur im Unterbewusstsein wahrnahmen; deshalb sein überwältigender Erfolg? Letztlich war ohnehin alles nur eine Frage der Deutung. Was selbst Michaels ansonsten wachem Auge entging, war jedoch die Tatsache, dass Lyke, seiner langjährigen Gefährtin, ein Blick durch den Spalt gewährt worden war und ihr damit eine zentrale Rolle zuspielte, was die weitere Entwicklung ihrer Familie, wenn nicht sogar ihrer Gesellschaft, betraf.

Der Name Nyack hingegen war keiner Auslegung oder mysteriösen Zeichenhaftigkeit unterworfen, sondern rührte vom gleichnamigen Volk her, welches ursprünglich die einheimische Bevölkerung stellte bis diese im achtzehnten Jahrhundert im Zuge der anrollenden weißen Landnahme zu weichen hatte und der Überrest zur endgültigen Aussiedlung gezwungen wurde. Das 1782 dann offiziell gegründete und heutzutage aufgerundet achttausend Seelen zählende Gemeinwesen Nyack – bestehend aus fünf Untereinheiten wie Nyack, Nyack-Zentrum, Süd-Nyack, West-Nyack und Obernyack, deswegen kurz die Nyacks genannt – gehörte politisch zum Städteverband von Orangenstadt und Clarksstadt. Gemeinsam mit den Nachbarstädten Steinpunkt, Haberstroh wie Ramapo, der östlichsten Siedlung, bildeten sie wiederum die Grafschaft Felsland im gegenwärtigen Staate Neu York.

Währenddessen unten im Keller, ein Ort, den Lyke nie aufsuchte, ihr Mann Michael zusammen mit einem Besucher an seinem neusten Drachenmodell bastelte, klebten Lykes Augen am Bildschirm des Computers. Darauf zogen in einer Diaschau die Großleinwandfotos ihres Urlaubs von vergangenem Sommer vorüber. Gemeinsam mit Jim Schönberg, mit welchem Michael bis letzten Frühling auf der Feuerwache in Beacon im Team zusammengearbeitet und auch privat schätzen gelernt hatte, verbrachten sie zwei wunderschöne Wochen im Ostteil des kanadischen Felsengebirges. Ausgangspunkt ihrer Ausflüge und meist Wanderunternehmungen war Banff, ein kleines quirliges Städtchen im gleichnamigen Nationalpark.

In dieser Gegend, eine gute Autofahrstunde von Calgary, jagte sich ein wunderstrotzender Nationalpark nach dem andern, was sich nunmehr in den Fotoserien, welche die beiden Männer leidenschaftlich durchgeknipst hatten, niederschlug. Da reihten sich mächtige Bergspitzen aneinander, aufgestockt mit kargem Fels und Geröll, unterbrochen von kristallklaren tieftürkisfarbenen Bergseen sowie eingebettet im undurchdringlichen Meer wogender Urwälder, vornehmlich Tannen.

›Vorsicht, Bärenland!‹, wurde der Besucher, vorweg Städter, an jeder nur erdenklichen Stelle auf die wilde ganzjährige Einwohnerschaft im dichten Gehölz aufmerksam gemacht. ›Also, ich würde gerne mal einem dieser pelzigen Kerle die Hand geben‹, witzelte Jim. ›Da, wo ich herkomme, gibt's die nämlich schon lange nicht mehr.‹ ›In Los Angeles wird dir dies wohl kaum passieren‹, meinte Michael, während sein Blick aufmerksam die Infotafel beim Wanderwegeingang am Moränensee studierte, ›aber hier scheint es eine realistische Option zu sein. Ja, warum nicht? Mal so einen Bären in Echtheit zu erleben, wäre schon ein Erlebnis.‹ Lyke, deutlich weniger begeistert von dieser Vorstellung, meinte mit einem Hinweis auf die in der Infobroschüre fotografisch eindrücklich dargestellte Wandersituation: ›Also, darauf anlegen würde ich es jetzt nicht unbedingt. Seht ihr hier? Auf dem ersten Bild läuft die Gruppe Wanderer noch ahnungslos durchs Gebüsch, und keine zwei Minuten später kreuzen zwei Grizzlys den gleichen Pfad.‹ Verschmitzt lächelnd, als ob ihn nun der Nervenkitzel erst recht gepackt hätte, erwiderte Michael: ›Na, ja, damit muss man hier wohl rechnen. Hier in Amerika, das heißt, Kanada natürlich‹, korrigierte er sich unmittelbar selber, ›geht's eben noch WILD zu und her, richtig urtümlich.‹ Jim, welcher gelassen die Fotos betrachtete, verzog den Mund, fand: ›Für den Fall, dass es unerwartet ungemütlich werden sollte, haben wir uns ja diese Chilisprays besorgt. Aber, soweit ich im Bilde bin, besteht für Gruppen ohnehin keine allzu große Gefahr, an einen Bär zu geraten. Die hauen ab, sobald sie Menschen wahrnehmen.‹ ›Na, ob das wirklich auch stimmt, werden wir ja gleich herausfinden!‹, verkündigte Michael Zuversicht versprühend und klopfte Jim vergnügt auf die Schulter. So wirklich ernst, zumindest nicht todernst, nahm er die zahlreichen Hinweise nicht. ›Da wird doch immer gleich übertrieben, um den Leuten etwas Angst zu machen. Ist vielleicht auch nötig, so dumm wie sich bisweilen Leute anstellen.‹

Desgleichen für Lyke stellte eine Begegnung mit einem auf die Hinterbeine aufgerichteten, wildfuchtelndem Bären oder andersartigem Wildtier – schließlich tummelte sich hier überdies eine Vielzahl hungriger Pumas, Wölfe und Kojoten im dunklen Gehölz – weniger das Kernproblem dar. Denn solange sie als geschlossene Gruppe unterwegs wären, dabei immerfort ausreichend Lärm fabrizierten, wie Wanderern allenthalben geboten wurde und insbesondere für Michael mit seiner schallenden Stimme nur entgegenkam, war ihr Vertrauen in die offiziellen Anweisungen der Nationalparkbehörde nahezu grenzenlos. Jim, welcher Lykes diffusen Ängste spürte, sagte zur allgemeinen Beruhigung: ›Ich denke, da müsste wohl *alles* schief gehen, was nur schief gehen kann. Außer es handelt sich um einen abnormen schwergestörten Bären und Michael will ihn unbedingt zur Begrüssung umarmen!‹ Ein herber Brustschlag von Michael war ihm gewiss. ›Ich glaube, du willst es wohl wissen, Jim, gefällst mir! Uns Feuerwehrmänner kann eben nichts so leicht schrecken!‹

Zugegebenermaßen zählte Lyke früher nicht zur mutigsten Elitetruppe ihrer Pfadfinderinneneinheit in ihrer Heimatstadt Amsterdam. Auch schien sie vernehmlich weniger risikofreudig als die beiden Männer mit ihrer gemeinsam entdeckten Lust auf exklusive Wildnisabenteuer. Und dennoch, dachte sie, schätzte sie die Situation durchaus realistisch ein. Von Jim wusste sie ja, dass er sich schon in Island umgetrieben hatte, um auf verrückten Abenteuertripps der harschen Inselnatur seine Stirn zu bieten. Typische Männlichkeitserprobung im Sinne von *Wie viel braucht es wohl, damit es mich nicht geradezu abmurkst und ich mich dennoch zum ersten Mal als lebendiges Wesen wahrnehmen kann.* Michael war mit seiner Impulsivität schneller Feuer und Flamme, als sie zum Löschen kam. Fortan träumte wie drängte er auf baldigen Islandurlaub. ›Bleiben wir vorerst mal bei unseren guten Bergen im Westen‹, befand sie ablenkend. ›Die Gegend um Banff sieht extrem verlockend aus! Schau mal!‹

Nein, was sie nunmehr zutiefst bewegte und ihr so unvermittelt wie unverhofft Tränenbäche auslöste, die ungehemmt über ihre Wangen rannen, war *etwas ganz anderes*. Da wäre der Zirkustanz mit einer ganzen Horde erzürnter Grizzlymütter eine geradezu willkommene Ablenkung gewesen.

Eingefahren, bis auf die Knochen, war ihr das Bergerlebnis am übernächsten Tag, als sie einen Ausflug ins nahe Kananaskis unternahmen. Mein Gott, wenn sie am Morgen schon nur im Ansatz geahnt hätte, was ihr da oben noch widerfahren würde, hätte sie sich mit allen Händen und Füßen dagegen gewehrt, da jemals raufzukraxeln. Oder doch nicht? War dieses Erlebnis der kuriosen Extraklasse allenfalls sogar unabdingbar gewesen? Ehrlich gesagt, wusste sie es selbst nicht so recht, war sich bis anhin nie schlüssig geworden, was sie davon halten, geschweige, wie sie es in ihrer Lebenschronik abbuchen sollte. Michael und Jim vermochte sie nicht mit einzubeziehen, denn, die hatten nichts mitgekriegt; glaubte sie zumindest. Wie ihr später in einem lichten Augenblick indessen klar wurde, war das Ganze mitunter auch nur das Resultat krassen Schlafmangels gewesen. Denn, so sehr sie sich auf den Ausflug gefreut hatte, die Nacht zuvor hatte sie mit ziemlich wenig Schlaf verbracht. War es die Erschöpfung des Tages oder das schwere Abendessen mit Rotwein, den sie eigentlich gar nicht vertrug? Alles zusammen? Im Verbund mit der Übernächtigung mochte es durchaus der Fall gewesen sein, dass sie gehypert und die Phantasie durchgedreht hatte. Bei allem Versuch, es herunterzuspielen, fuhr ihr dennoch das bizarre Erlebnis in der Betrachtung der Fotos wieder als voll echt ein.

Seltsam wie ungeheuerlich!

Dabei fing der Tag doch wie im Bilderbuch an, die Prognose hatte sich auf Punkt und Strich genau bewahrheitet: traumhaftes Bergwetter, gute Sicht, nicht übermäßig heiß für die frühsommerliche Jahreszeit. Ideal für einen wenig anstrengenden Ausflug nach einem erschöpfenden Wandertag wie am Tag davor. Was wollte man mehr? Alles stimmte perfekt, außer ihrer Aufgezogenheit.

In aller Früh verließen sie zunächst Banff und den Nationalpark, auf der N1 Richtung Canmore und weiter bis zum Ende der Bergketten, dort, wo diese relativ abrupt in die Ebene übergingen, flitzten vorbei an der Tankstelle, wo sie auf der Rückkehr von ihrem verregneten Calgary Tag mal vollgetankt hatten und ein eigenartiges Volk herumschwirrte, mit langen schwarzen Haarschöpfen, die Männer teils mit Pferdeschwanz, insgesamt wohlan freundliche Gesichter, aber zuhauf rätselnde Blicke auf sie Exoten gerichtet. Ja, genau so war es, *sie* waren die Exoten! Weiter ging es auf der

Transkanada-Autobahn bis zum großen Kreuz, wo sie den Cowboypfad, welcher nord-südlich verlief, schnitt. Dort bogen sie in einer scharfen Rechtskurve ab, um das nicht mehr ferne Braggbach anzusteuern. Dann, wiederum nahezu schnurgeradeaus, ehe sie nach gut zehn Kilometern die Abzweigung Richtung Kananaskis einschlugen.

Nach kurzer Absprache kamen sie überein, im Braggbach Zentrum, einer im Wildweststil errichteten Freiluft-Einkaufsmeile einen Kurzhalt einzuschalten. Um auf der sicheren Seite zu sein, wollten Michael und Jim nochmals alles durchchecken; soviel zum Thema ›Wildnisabenteuer‹! Wildnis ja, wild werden eher weniger. Dabei stellten sie fest, dass Proviant und Wasser leichter Aufstockung bedurften. Nach einer Blitztour im Selbstbedienungsladen traten sie gleich nebenan im Boardwalk Cafe und Weinbar zu einer letzten Stärkung ein, ehe sie dann endgültig in die Berge stachen. Nach dem Verzehr der hausgemachten Linsensuppe sowie einem biologisch gezogenen Salat aus der Region entschied sich Lyke für einen Schweizer Kaffee, das heißt, wie sie herausgefunden hatte, bestand der aus einem doppelten Espresso mit viel Schlagsahne obendrauf. Jim schloss sich kurzerhand an, Michael verlangte nach einer herben Teesorte, schwarzer Inder. Bei der anschließenden Bezahlung meinte Jim anerkennend zum freundlichen Fräulein hinter der Theke, vermutlich Alleinerziehende, die sich über Wasser halten musste: ›Also, da kommen wir gerne wieder mal, falls wir es nochmals in die Gegend schaffen. Kleines Einod hier!‹

›So, und für mich kann es jetzt losgehen, all ihr Brummbären da oben‹, kündigte Michael brummelnd, aber nicht minder zufrieden an, als sie sich im Auto anschnallten. ›Alles klar bei dir, Lyke?‹ ›Ja, tipptopp.‹ ›Und du, Jim?‹ ›Alles im grünen Bereich. Selbst?‹ ›Wunderbar! Ich spüre, der Elchberg wird schon langsam zappelig‹, vermeinte Michael und warf einen schrägen Kontrollblick auf die Karte rüber, die Jim, heute in der Rolle des Navigators, in Händen hielt. ‚Also, weit ist das nicht mehr‹, meinte der, ›noch eine gute halbe Stunde, würde ich sagen.‹ Mit fettem Gequietsche brauste Michael los.

Ψ Ψ Ψ

Dieweil Lyke den Fotofilm auf dem Bildschirm betrachtete, wie sie da frohgemut ins urige Kananaskis hinaufbretterten, wo sich linker- wie rechterhand Nadelwald zunehmend verdichtete, ihnen Laubgehölz nur noch in vereinzelten Bachsenken begegnete und sich letzte Anwesen ganz rar machten, vernahm sie mit eins Michaels Stimme die Kellertreppe raufrufen.

»Lyke?!«

»Ja?«, rief sie unmittelbar zurück. »Was ist?«

»Sag mal, hast du genügend eingekauft?«

»Warum meinst du?«

»Jim könnte doch gleich mit uns essen.«

»Grundsätzlich kein Problem.«

»Aber?«

»Eigentlich wollte ich noch Claudia anrufen, ob sie mit den Mädchen, falls sie da sind, auf einen Snack vorbeikommen will.«

»Na, wo ist das Problem? Dann haben wir ja genug, nicht?«

»Das schon, nur weiß ich nicht, ob Jim dies genügt? Jim, was meinst du?«

»Keine Sorge, ich nehme›, was ich kriege.«

»Na, dann machen wir es doch so«, befand Lyke. »Ich rufe gleich mal Claudia an.«

Gesagt, getan. Lyke griff zum Mobiltelefon, wählte die Nummer, um binnen weniger Minuten ihre Schwägerin am Draht zu haben.

Ψ Ψ Ψ

11. September 2001: Fahrt zum Höllenturm

Wie Thomas Sanders soeben über Funk erfahren hatte, war Chef Pitch, der Battalionskommandant des Battalion 11, mit seinem Assistenten Gary Sheridan in einem rotweißen Chevrolet Suburban von der anderen Feuerwache an der 100. Weststraße Richtung Südmanhattan losgebraust. Alarmstufe vier, ließ dieser am Dispatcher verlauten, was sich nicht mehr allzu viel höher steigern ließ. Dementsprechend würden sie bald die Kolumbusallee runterdonnern, mit durchschnittlich gut 120 km/h drauf, alle bisherigen Geschwindigkeitsrekorde schlagend. Aber dieser Tag würde ohnehin alle Rekorde brechen, in vielerlei Hinsicht, insofern passte alles ins Katastrophenszenario. Jeder Griff, jede Handlung Teil des kompletten Ausnahmezustandes. Ihre Löschfahrzeuge Nr. 37 und Leiterwagen Nr. 40 würden binnen Kürze zum Einsatz kommen, und sie Vollgas geben.

Bob Santora, von einem Fuß auf den andern tretend, während er sich daran machte, seinen Schutzanzug überzuziehen, Stiefel, Überhosen, Hosenträger, fluchte laut: »Scheisse, das geht doch sonst ganz flüssig! Aber heute ...!« Indessen war Thomas bereits fertig, rannte mit Schardt und Palazzo sowie anderen zu den Einsatzfahrzeugen. »Hey, Bob, komm schon! Schlaf heute Nacht weiter!«, brüllte er zurück, und in Gedanken, ›falls wir es überleben!‹ Eigenartig, dachte er, aber bei einer Katastrophe dieses Ausmaßes musste es Tote geben! Und zwar derer nicht wenige. Angefangen von den Todgeweihten oberhalb der Einschussstellen, aber auch werte Kollegen darunter. Als es vor ein paar Minuten in den Nachrichten hieß, dass eine dritte Maschine entführt worden sei, dämmerte ihm längst die Erkenntnis, dass heute Abend nicht mehr alle nach Hause zurückkehren würden. Zu ihren Familien, ihren Liebsten. Zu Frau und Kind, wie man so schön sagt.

Und *sie*?

»Hey, Gartenschlauch, schläfst du?«, stieß ihn Bob etwas derb in die Brust, »komm, rein und los!« Jetzt war er es, der auf Winken der ungeduldig wartenden Kollegen, Druck machte. Mit Schwung sprang Thomas in die Führerkabine, setzte sich neben Bob und sagte zu ihm: »Du müsstest eigentlich gar nicht hier sein, Alter! Hast Feierabend!« Entgeistert blickte ihm Bob tief in die dunklen Augen: »Feierabend? Bei dem, was los ist?!«, und schüttelte den Kopf. Naja, er wusste genau, dass es Thomas gut meinte. »Meinst du, ich könnte euch und alle diese Menschen da unten der Hölle überlassen und nach Hause gehen, den Feierabend genießen?! Ein Bier nach dem andern leeren, doof in die Glotze gucken?« Kumpelhaft schlug er Thomas auf den Oberschenkel, fügte an: »Hoffen wir, dass alles gut geht! Hast 'ne gute Frau zu Hause und brave Töchter!«

Währenddessen brauste die Feuerwehrkolonne mit Löschzügen und Lastern die Kolumbusallee runter, ab Stadtmitte auf der Mittelspur, die Feuerwehrspur. Die Sirenen heulten fürchterlich durcheinander, blaues Blitzgewitter signalisierte schon von weitem, wer kam. Durchkommen stellte heute kein Problem dar. Nicht nur, dass die liebgehassten Kollegen von der Polizei, mit welchen sie gerne ihre Spielchen spielten, neckisch natürlich, ihnen längst den Platz geräumt hatten. Auch Fußgänger oder anderes Volk begriff in Windeseile, dass heute alles anders war als sonst, versperrten nicht unnötigerweise den Weg. So wie vermutlich nie mehr ein Tag in dieser Stadt sein würde; in dieser Frühphase bereits ein neues Bewusstsein erweckend, wie immer sich dieses noch auswirken würde. Denn am schlimmsten am ganzen Horror und Terror, nebst den menschlichen Verlusten, war doch die bittere Erkenntnis: *ihre* Stadt war angegriffen worden, war verletzlich! Die USA, die letzte verbliebene Weltmacht, zur Zielscheibe geworden! Krieg und dergleichen kein Auslandereignis mehr, von wo man mitunter körperlich und/oder seelisch verkrüppelt heimkehrte, aber immerhin in ein Land, wo Frieden und Sicherheit herrschte. Diese schöne Illusion war fett geplatzt! Urplötzlich! Die ging sozusagen mit der Hölle da oben in Rauch und Flammen auf! Wenn das keinen psychologischen Knacks in der nationalen Seele nach sich zog!

»Jungs, aussteigen! Wir sind da!«, bellte dann Thomas an der Weststraße, gegenüber der weitläufigen Anlage des Welthandelszentrums, wo sie anhielten. »Und offensichtlich nicht die ersten«, fügte Bob an, mit Blick auf die Heerscharen bereits eingetroffener Einsatzkräfte, machte das gleiche, was alle als erstes taten, nämlich umgehend nach oben starren, wo das Unfassbare im Minutentakt geschah! Dieses Mal und nur aus Sichtdistanz beobachtbar ein besonderes Grauen: es regnete *Menschen*! »Mein Gott, seht euch das an!«, sagte Frank Giberson in einem Unglauben, welcher sein innerstes Mark erschütterte, ein feuriger Stich durchs Herz, stieß dabei Bob an: »Du, da oben springen doch tatsächlich Leute raus!« Spontan sagte der: »Mensch, das ist aber deftig, kann mich nicht erinnern, so was je gesehen zu haben! Absolut schrecklich!« Erschüttert, schockiert oder wie immer man einen solchen Anblick korrekterweise bezeichnen wollte, wandten sie ihren Blick ab, nur um erneut hinzugucken. Nicht aus plumper Neugierde oder Sensationslüsternheit, ganz und gar nicht! Derselbe Gedanke durchfuhr sie alle zeitgleich, denn sie waren Feuerwehrmänner; da um Leben zu retten. »Jungs, denkt ihr das gleiche wie ich?«, fragte Bob in die Runde. »Klar, Bob!« Christopher Palazzo, der neben Bob stand, sprach es leise aus, mehr murmelnd, so unpassend oder geschmacklos dies klingen mochte, doch es war wirklich ein Problem: »Wie kommen wir da unbeschadet rein, ohne getroffen zu werden?!« Ihre Ängste waren nicht unbegründet, wie sich in der Rückschau herausstellte. Es gab diverse Tote, da sie von fallenden Körpern getroffen wurden. Und eins war ohnehin klar: diese Bilder des Grauens, des optisch wie gedanklich Unerträglichen, würden sich tief in ihren Sinn einbrennen und ein Leben lang nicht mehr zu löschen sein! Menschen, die sich in schwindelerregender Höhe lieber aus dem Fenster stürzten, 400 m in die Tiefe(!), als einzigen Ausweg, um nicht zu einer lebendigen Fackel zu werden oder dem Tod durch Ersticken zu entgehen. Um diese Verzweiflung zu beschreiben, gab es keine angemessenen Worte.

Routiniert, wenngleich tief verstört, doch die Situation erforderte nun ihre ganze Professionalität, griffen sie nach ihrer Ausrüstung, Atemmasken mit Sauerstoffflaschen, Taschenlampen, Werkzeug und dergleichen – außer Thomas und Bob nicht, die als Battalionschef die Führung innehielten. »Brauchen wir vielleicht gar nicht alles, Chef«, meinte Frank Giberson, immer noch unter Schock, zu Thomas, »der Rauch geht alles nach oben weg. Insofern haben wir saubere Luft bis weit hinauf.« »Ja, da könntest du Recht haben«, erwiderte Thomas und mit andächtigem Blick nach oben, worauf er nach dem Megaphon griff, »aber man weiß ja nie. Vielleicht kehrt es plötzlich, oder in den Gängen drückt doch Rauch runter, oder Staub und Ruß, habe ich schon oft erlebt.« Unmittelbar blickte er auf, starrte Bob ins Angesicht, der zurück, eine gefühlte Ewigkeit lang. Konnte man nur annähernd nachvollziehen, welche Dramen sich gegenwärtig da oben abspielten? Vor einer guten halben Stunde saßen die Menschen noch gemütlich bei Kaffee oder Tee, tauschten die neusten Witze aus, aßen Bretzel und blödelten herum, wie sie. Unterhielten sich übers vergangene oder kommende Wochenende, über Ferienpläne oder ihre Kinder, dreckige Windeln, ärgerten sich vielleicht über verspätete Züge oder chronisch verstopfte Straßenzüge, starteten ihre Computer, wenn nicht längst getan. Ob die Tochter die Prüfungen wohl bestanden hat? Und keine Stunde später standen sie vor dem zerbrochenen oder eingeschlagenen Fenster in windiger Höhe, vielleicht verletzt vom Flugzeugeinschlag, welcher an sich schon der blanke Horror war, und blickten nunmehr die 80 oder 90 Stockwerke runter ins absolute Nichts, um da gleich hinauszuspringen. Wie brachte man dies nur fertig? Die Verzweiflung musste immens sein! Hoffentlich schaltete es in diesen Moment einfach den Verstand und damit das Bewusstsein aus.

»Also, kommt Jungs!«, sagte dann Thomas zu den Umstehenden, klopfte Christopher kameradschaftlich auf die Schulter klopfte. »Jetzt müssen wir zeigen, was wir drauf haben! Und, zieht bitte die Köpfe ein!« »Klar, Chef«, bestätigte Christopher, nickte zustimmend, »das werden wir doch jetzt packen!«

Schließlich gelang es ihnen, ihr Hirn sowie ihren Sinn sogleich wieder auf Ratio umzuschalten, die schrecklichen Bilder nicht zu verdrängen, aber immerhin zu ignorieren und sich voll und ganz auf ihre bevorstehende Aufgabe zu richten. Es würde ihre volle Aufmerksamkeit erfordern, im anstehenden Schlängelkurs und allem Möglichen auszuweichen, ihren Weg durch aufschlagende Büroteile, Metalltrümmer und Glasscherben zu bahnen. Ziel war die Eingangshalle, welche sich am besten durch ein sieben Meter hohes Loch in der Frontscheibe erreichen ließ. Für die langsamen Drehtüren war keine Zeit, also galt es die Abkürzung zu nehmen, wenngleich mit einem mulmigen Gefühl. Frank stupste Bob an, zeigte stumm nach oben, zum Glas oberhalb der von früher eingetroffenen Kollegen aus pragmatischen Gründen eingeschlagenen Öffnung. Was meinst du, Bob, wie lange wird das noch halten? Was ihm zum damaligen Zeitpunkt noch unbekannt war, war die Tatsache, dass sich seine Frage aufs ganze Gebäude beziehen ließ, ein damals gleichermaßen noch undenkbarer Gedanke.

Doch an diesem Tag sollte ohnehin alles anders kommen, als gedacht.

Versuch einer Rückkehr zur Normalität oder was immer das ist

In der allgemeinen Wetterklärung ließ der Wind vernehmlich nach, beruhigten sich gleichsam die Meereswogen des Atlantiks. Sogar die Andeutung einer gelblichen Scheibe schimmerte an lichten Stellen verschiedentlich durch, warf eine Vorahnung auf die Erde. Claudia drückte die Austaste ihres Mobiltelefons, versorgte es in der rechten Jackentasche. »Also, habt ihr gehört, ihr beiden? Lyke will uns noch auf eine Vesper einladen. Sie hat gefragt, ob wir spontan genug seien.«

»Na, klar doch«, sagte Christina grinsend, zupfte ihr Haar zurecht.

»Super«, vermerkte auch Biggi. »Hoffentlich gibt es dann Rumpunsch.«

»Mit herrlich viel Ingwer und Zimt.«

»Ich freue mich schon auf etwas Warmes«, sagte Claudia, »bin schon halb durchgefroren?«

»Stehen kurz davor, würde ich sagen«, entgegnete Biggi, »wirklich Zeit zum Umkehren.«

»Ja, ich denke, wir haben's gehabt, mehr als das.«

Ehe sich Claudia umdrehte, warf sie einen seufzenden Blick auf ihre Töchter, sagte jedoch nichts. Wie bei ihren Mädels hatten sich im Gestürm wiederholt Strähnen ihres Haars unter der selbstgestrickten Mütze gelöst, flatterten vom Wind getrieben übers Gesicht. Diesem würde man die fünfundvierzig Jahre auf den ersten Blick auch nicht zuschreiben, abgesehen leicht geschwollener Tränensäcke sowie natürlich Sorgenfalten in der Stirn. Es war unverkennbar, dass sie unter der Turbulenz vergangener Wochen und Monate übermäßig gelitten hatte. Aber sonst gab das tiefe

Blau ihrer Iris den weichen regelmäßigen Gesichtszügen unvermindert einen gewinnenden Ausdruck. An sich schon eine schlanke Statur hatte Claudia aufgrund des emotionellen Stresses noch weiter an Körpergewicht verloren, drei, vier Kilos, und dennoch blieb ihr die sportliche Erscheinung erhalten. ›Bald klappert es aber nur noch an dir, wenn das so weitergeht‹, hatte indessen Monika, eine befreundete Kollegin wie Mitarbeiterin im Krankenhaus des Guten Samariters zu ihr letzthin gesagt. ›Da muss wieder was rauf die Knochen, Claudia, das sieht doch nicht schön aus.‹ ›Ja? Meinst du?‹ Die paar Kilos weniger wären ihrer unverbrämten Eitelkeit eigentlich geradezu entgegengekommen, wenn sich nicht der ehrliche Blick, den sie sich zum Glück erhalten hatte, im großen Schlafzimmerspiegel in seinem unantastbarem Urteil voll und ganz auf Monikas Seite geschlagen hätte. ›Ja, ich meine es ernst.‹ Nun ja.

Dabei war sie in erster Linie nur mal froh, nicht nur im Alltag wieder allmählich Tritt zu fassen, sondern generell im Leben. So weit war sie in der Tat noch lange nicht, selbst wenn sie es im Vergleich mit anderen nicht schlecht auf die Reihe kriegte. Doch auch ihr wurden die Gefühle oftmals übermächtig, sobald sie erneut einen scheuen Anlauf wagte. Der Elfte September war einfach so allgegenwärtig wie allmächtig, sei dies in ihren alltäglichen Gedankengängen oder überhaupt in ihrer Wahrnehmung des Lebens um sie herum. Alles orientierte oder konzentrierte sich nahezu nur noch auf dieses schreckliche Ereignis, hielt ihren Sinn wie Herz Tag und Nacht gefangen. Und dennoch war sie gemäß ihrer Empfindung sowie paradoxerweise überhaupt nicht fähig, damit irgendwie umzugehen. Dafür fehlte wiederum der Abstand, räumlich wie insbesondere emotionell. Die Wunden waren zu frisch. Als wäre noch nicht der richtige Zeitpunkt gekommen, das Unfassbare in taugliche Worte zu fassen. Wenn sie quasi die schützenden Verdunkelungsvorhänge aufziehen wollte, um den grellen Tatsachen voll ins Auge zu blicken, blendete es sie dermaßen, dass sie gar nichts mehr anderes sah als aufblitzenden Schmerz und Pein.

Von einer Rückkehr zu Normalität oder was immer sich jeder darunter vorstellte, war sie gemäß eigener Einschätzung so weit entfernt wie von ihrer ursprünglichen Heimat am Bodensee. ›Stell dich besser darauf ein, dass es nie mehr Normalität in dem Sinn geben wird‹, hörte sie immerzu Monikas Worte in ihrem Ohr kräuseln. ›Nach *Soetwas* gibt es das einfach nicht mehr. Jetzt gibt es nur noch ein *Danach*.‹ Dies klang für sie deftig nach einem Lebensbruch, was indes die Sache im Kern traf. Und trotzdem konnte sie es sich nicht leisten, einfach die Zügel schleifen zu lassen. Da waren noch ihre Töchter, Rex, das Haus mit Umschwung, ihre Arbeit, der Papierkrieg, die Stapel an Rechnungen; die lösten sich nicht von selbst auf, wollten, mussten abgetragen werden, und noch vieles mehr. Handkehrum verhalf ihr vermutlich gerade dieser Alltagstrott, ausreichend Strukturen in ihrem Leben aufrechtzuerhalten, ihren Pflichten nachzukommen und wenigstens ein Stück weit Normalität zu simulieren wie zu erleben. Das war mitunter die beste Medizin.

Für einen Augenblick senkte sie ihren Blick zu sandigen Untergrund, versuchte ihren inneren Schutzmechanismus zu reaktivieren.

Beim Aufblicken fiel ihr auf, wie hübsch Christinas Gesicht unter der wolligen Wintermütze wirkte: die klugen schwarzen Augen, mandelförmig über den hohen Wangenknochen angeordnet, glänzten dem ärgsten Wetter zum Trotz. Christinas Blick strahlte die gesunde Widerstandskraft einer Frohnatur wie auch zugleich Zerbrechlichkeit oder vielmehr Sensibilität aus; eine höchst attraktive Mischung, die ihre Tochter da an den Tag legte und Thomas' Vaterherz mit besonderem Stolz erfüllte. Insgesamt robust war sie, selten krank, packte entsprechend an, wenn es *sie* mal gepackt hatte. Darin lag für sie als Eltern früher die größte Herausforderung, nämlich solange Überzeugungsarbeit zu leisten und dran zu bleiben, bis sich Christinas Willenskraft wie Selbstkontrolle zur Genüge gefestigt hatten. Doch dies pendelte sich in den ersten Schuljahren relativ rasch ein.

Ferner fiel unmittelbar ihr charakteristischer flacher Nasenrücken auf, das lange feste Haar, welches sie heute gerne offen trug und ihr die Aura einer geheimnisvollen Schönheit verlieh. Jetzt, wo sie sich zusehends in eine junge Frau verwandelt hatte, umso mehr. An schmachtenden Verehrern an der Türschwelle oder am Telefon mangelte es in der Tat nie. Die von der kühlen Luft pfirsichgeröteten Wangen, ihr wohlgeformter Mund zogen die Bewunderer an wie das Licht die Motten. Viele sahen stark ihre koreanische Großmutter Nari in ihr, die sich nach dem schlimmen Krieg in ihrer Heimat abgesetzt hatte, indem sie sich in einen amerikanischen Marineoffizier namens Robert Sanders, kurz Rob, verliebt hatte, um nach der Hochzeit 1952, mitten während der Kriegswirren, und der Geburt des ersten Sohnes ein Jahr darnach nach Übersee überzusiedeln. Im arg verwüsteten Land gab es für eine *Lilie*, um der Bedeutung ihres Namens gleichzukommen, keine Perspektiven. So kam es, dass die kleinwüchsige zierliche Blume an Robs währschaftem Stamm haftenblieb.

Die zwei Söhne, welche der amerikanisch-koreanischen Verbindung entsprangen, wiesen unterschiedlich viele Merkmale ihres fernöstlichen Erbes auf. Bei Thomas, Christinas Vater, kamen sie unverkennbar zum Tragen, angefangen vom festen schwarzen Haarschopf, den asiatisch wirkenden Augen sowie den typisch hohen Wangenknochen. Bei Michael hingegen, dem ein Jahr älteren Bruder, zeugte überraschend wenig davon. Als wäre er aus einem gänzlich anderen Holz geschnitzt, verfügte er über die typisch kantig-eckigen Gesichtszüge der väterlichen Linie, mittlerweile durch Altersmilde vorteilhaft aufgeweicht, sowie braunes leicht gewelltes Haar, kurzer Nasenrücken. Lediglich die Augenpartie fiel aus dem Rahmen, deutete an, dass noch ›etwas anderes‹ drin stecken könnte.

Was beide Brüder indes gleich auszeichnete, war ihr großer Wuchs, gedrungene Figuren, kräftige Pranken, die sich schon zu Schulzeiten auf dem Pausenhof Eindruck verschafften. Nicht im Sinne von Schlägereien, sondern Respekt, sagten sie zumindest. Allenfalls war dies ein nicht unbedeutender Mitgrund, dass sie einen ›handfesten‹ Beruf auswählten, es sie zur Berufsfeuerwehr verschlug. Wie Nari sagte, einer Art ›zivilen Variante‹ des Militärs mit stark hierarchischen Strukturen in einer robusten Männerwelt. Anpacke-Typen, mit praktischem Denken und viel Gemeinschaftssinn ausgestattet. ›Nur kein ewiges Schulbankdrücken mehr! Wozu braucht man all diesen Theoriekram später?‹, meinte jeder für sich, als Berufswahl und Karriere kurzzeitig Kopfzerbrechen bereiteten. Ihren praktisch ausgelegten Scharfsinn wollten sie für Nützlicheres gebrauchen.

Dasselbe betraf die Frage einer militärischen Laufbahn. Da halfen alle feurigen Erzählungen ihres ordengeschmückten Vaters nichts. Wie er mit seiner Truppe unter Stacheldrahtzäunen durch den Schlamm gerobbt war, gemäß seiner Aussage mehrfach Leben gerettet hatte und dafür zweimal ausgezeichnet wurde. Umso wesentlicher war Robs Verdruss, als absehbar wurde, dass keiner der Söhne die Fußstapfennachfolge antreten würde, ein psychologischer Knackpunkt, mit er sich nie wirklich abfinden konnte. Beschwichtigende Worte hin oder her, sein knirschender Gesichtsausdruck sprach Bände. 1989, im Alter von erst vierundsechzig Jahren, verstarb er unerwartet an einem Herzschlag. Immerhin war es Nari vergönnt, in Robs letzter Nacht bei ihm am Krankenbett zu sein, ihn der außerordentlichen Charakterfestigkeit seiner Söhne versichernd. ›Rob‹, sagte sie ihm in ihrem reizend südkoreanischen Akzent, ›was gilt denn für ein Vaterherz mehr als der Stolz ob seiner geratenen Söhne? Da spielt doch die Ausgestaltung eine untergeordnete Rolle, nicht wahr?‹ Claudia bewunderte Nari stets für ihre Tapferkeit all die Jahre hindurch, mit einem Ehemann, der sich weniger mit dem familiären Alltagsgeschäft, dafür vielmehr durch substantielle Abwesenheit profilierte, währenddessen zwei ungestüme Jungs, und leider keine kleine Lilie, sie wacker auf Trab hielt.

Nun saß Claudia selbst in der Tinte, da ihr Mann und Lebensgefährte weggefallen war, das heißt, von einem Tag auf den andern verschwunden. Einfach nicht mehr da, dies natürlich nur physisch, denn in seiner ganzen Wirksamkeit war er voll präsent, wenn nicht sogar in noch vermehrtem Masse, als wenn er da gewesen wäre. Doch damit verbunden war noch eine ganz andere Problematik, die sie alle nicht minder umtrieb. *Wo nur war Thomas?*

»Meinst du, ist Papa wirklich tot?«, riss sie Biggis Stimme unvermittelt aus ihren Gedankengängen. Unverwandt blickte sie ihre Tochter an, horchte halb Ohr dem Rauschen des Meeres. So absurd es klang, aber diese Frage hatte sie sich tatsächlich auch schon gestellt. »Ja, ich denke schon, doch.«

»Was macht dich denn so sicher? Also, ich meine, gefunden hat man ja nichts von ihm. Das heißt, dass Papa gestorben ist, ist noch längst nicht erwiesen.«

Nachdenklich blickte Claudia zunächst Biggi an, seufzte dann tief, ehe sie zu einer Erwiderung anhob. »Theoretisch hast du Recht«, sagte sie zögerlich. »Die Überlegung ist verführerisch, ja, wäre wunderschön, wenn es so wäre und Papa eines Tages zur Türe hereinkäme. Aber, wie groß rechnest du denn die Chance aus, dass dieser Fall eintrifft?«

»Ich weiß nicht«, kam Biggis Antwort. »Gleich null, würde ich sagen.«

»Das fürchte ich eben auch.«

»Und dennoch, in den Filmen und Büchern geschehen ja auch immer die unglaublichsten Geschichten, und die werden nicht selten vom Leben sogar noch übertroffen. Wievielmal hast du uns doch aus der Zeitung vorgelesen und gesagt: ›Also, wenn dies jetzt ein Film wäre, würde man sagen: Absolut unmöglich!‹? Von daher, warum nicht?!«

»Ja, warum nicht.«

»Mach dir aber nicht zu viele Hoffnungen, Biggi«, schaltete sich nun Christina ein. »Die Wahrscheinlichkeit ist wirklich höchst gering.«

»Mach ich mir schon nicht, keine Bange. Ich weiß, dass dies vielmehr meinem Wunschdenken entspricht als der Realität. Aber ich hätte einfach gerne Gewissheit, verstehst du?«

»Klar, tun wir alle. Eigentlich hängen wir solange in der Luft, bis sich ein schlüssiger Beweis erzeigt. Eigentlich nehmen wir Papas Tod einfach an.«

»Ist doch für sich gesehen verrückt, nicht?«

»Absolut.«

Ψ Ψ Ψ

Wenn alles unmittelbar wieder hochkommt

Eine gute Weile lang betrachtete Claudia Biggis Ansätze von Augenringen. In schlaflosen Nächten hatte ihre Tochter sie in Gesprächen über deren wiederkehrenden Albtraumbilder eingeweiht. Freilich rannte sie bei ihr damit weitgeöffnete Türen ein, denn in der Regel teilte sie ähnliche Traumszenarien, getreulich nachgebildet aufgrund tatsächlicher Ereignisse, und zwar an dem Tag, als nicht nur Amerika, sondern die Welt stillstand, als es ihnen allen den Atem des Lebens verschlug. Draußen donnerte nach wie vor die raue See, ließ es wühlen und schäumen. An Antrieb schien es ihr nie zu fehlen, generierte sich wie von geheimnisvoller Hand fortwährend neu. Doch so unruhig diese sich äußerlich gebärdete, so einen beruhigenden Effekt hatte sie letztlich auf sie drei. Umso lärmiger das Umfeld, desto stiller wurde es in einem selbst, wenngleich es lediglich die eigenen Dissonanzen übertönte.

Biggi zögerte einen Augenblick. »Weißt du, Mama«, rückte sie schließlich heraus, »ich habe mir das ernsthaft so überlegt, dass Papa gar nicht umgekommen ist, sondern überlebt hat.«

»Ja?«

»Mitunter liegt er ja seit Monaten in einem Krankenhaus im Koma und niemand weiß, dass er Thomas Sanders, unser Vater, ist.«

Unmittelbar nahm Claudia Biggi kurz in den Arm, schmunzelte hilflos. »Ehrlich gesagt, habe ich mir das insgeheim auch schon gewünscht. Doch, wie gesagt, diese Annahme ist ziemlich unwahrscheinlich. Weißt du, warum ich das nicht glaube?«

»Nein.«

»Offiziell gab es praktisch keine Verletzten, zumindest keine Schwerverletzten, das ist ja das Eigenartige. Und solche, welche im Koma liegen, genauso wenig.«

»Ja, das mag ja schon stimmen, Mama, aber vielleicht ist Papa die berühmte Ausnahme von der Regel.« So einfach ließ sich Biggis Widerstand nicht brechen, so sehr sie sich bewusst war, dass sie sich da bestenfalls an einen Strohhalm klammerte, um nicht die harte Wirklichkeit akzeptieren zu müssen.

»Tja, ich weiß nicht«, fügte Claudia dem an. »Es spricht einfach nichts dafür, beziehungsweise, alles dagegen.« Es war ihr wohl bewusst, dass es Biggi besonders hart getroffen hatte. Schon ganz früh hatte sie einen speziellen Draht zu Vater. Rein äußerlich kam sie zwar nach ihr: bläuliche Augen, hellblondes Haar, welches sie aus praktischen Gründen, weil sie oft im Reitsattel saß, zusammengebunden trug oder sonst mit einer Spange nach hinten klemmte; ihre lieblichen Gesichtszüge sowie die dünne Haut, die sichtbar von bläulichen Äderchen durchzogen war. All diese äußerlichen Merkmale deuteten auf eine zartsinnige Konstitution hin, was je nach gegebener Situation Biggis Stärke sein konnte, insbesondere im Umgang mit Tieren, aber gleichwohl ihre Achillessehne bedeutete. Während Christina introvertierter erschien, mit Fähigkeit zur Introspektion, der Beobachtung nach innen, entpuppte sich Biggi spätestens ab der Kinderbadewanne als Gemütsnudel. Ganz klar der Vater. Man wusste meist nicht, wer lauter am Quietschen war, Biggi oder die Gummiente.

In dieses Bild passte auch ganz gut Biggis unbeschwerter Umgang mit Aufräumen und Ordnung. Claudia schlitterte früher oft am Rande der Verzweiflung entlang, wenn sie einen Blick in Biggis Kinderzimmer wagte. Das erste, was da drin nach Biggis Vorstellung geschehen musste, war ›sich ausbreiten‹. ›Ordnung schaffen‹, das hieß für sie: zuerst mal alles auf den Boden schmeißen! Das perfekte Chaos! Nicht ganz unähnlich wie Papa, nur mit dem entscheidenden Unterschied, dass Thomas am Arbeitsplatz peinlichst darauf achtete, dass alles an seinem Platz versorgt war. Lässigkeit lag da nicht drin. Immerhin hatte sie, was das Aufrechterhalten einer minimalsten Ordnung anbetraf, Christina als Verbündete an Bord.

Ihre ältere Tochter, welche dieses Jahr einundzwanzig Jahre alt geworden war, brauchte wie sie Strukturen und Systeme. Klarheit eben. ›Typisch deutsch‹, wie Thomas manchmal grinsend bemerkte, ›fast schon pingelig.‹ ›Findest du? Also, deine Mutter ist nicht viel anders! Im Gegenteil!‹, war ihre jeweilige Verteidigung.

»Weißt du, Biggi«, fuhr Claudia mit einem Seufzer fort, »im Hinterkopf geistert sie immer herum: diese Ur-Angst, dass ES eines Tages geschehen könnte. Dass der Papa nicht mehr nach Hause kommt. Aber wer einen Feuerwehrmann heiratet, muss damit leben können. Das hat mir schon meine Mutter eingetrichtert, kaum hatte sie von Thomas‹ Beruf erfahren. Auch wenn man den Gedanken natürlich möglichst weit weg von sich schiebt. Doch egal, wie viel Mühe man sich gibt, so schwebt die Bedrohung latent über dem Kopf.«

»Du meinst, wie ein Damoklesschwert.«

»Genau, so ist es. Aber hat man denn eine andere Wahl? Man kann höchstens sich selbst verrückt machen oder zumindest versuchen, es zu akzeptieren. Den Ängsten ihren Platz einräumen, wie Oma Nari immer sagt. Sie weiß von uns allen wahrscheinlich am besten, wenn sie vom Tod spricht. So wie sie mir oft erzählt hat, musste damals in Korea die Post noch ganz anders abgegangen sein, mit Millionen Kriegstoter, darunter nicht wenige ihrer Angehörigen. Man spürt unmittelbar, wie sie diesen Verlustschmerz unterschwellig heute noch in sich trägt, auch wenn sie es nicht direkt so sagt!«

»Es ist eben ein fundamentaler Unterschied, Mama, ob man von eigenen Familienangehörigen spricht oder von einer anonymen Opferzahl irgendwo im Ausland, so astronomisch hoch diese auch sein mag«, bemerkte nun Christina.

»Freilich«, entgegnete Claudia, »und dennoch, finde ich, kann es helfen, die Verhältnismäßigkeit zu wahren und letztlich das Gleichgewicht, wenn man sich dies auch mal überlegt. Geht mir ja im Grunde auch so. Ich muss mir dies auch immer wieder sagen.«

»Ich wünschte, ich könnte dies auch so klar sehen, Mama«, erwiderte Biggi und warf ihrer Mutter einen verzagten Blick zu. Claudia erwiderte ihn mit einem sanften Lächeln, so wie die Sonne sich derzeitig hinter der düsteren Wolkenbank allmählich durchzusetzen begann, einen ersten freundlichen Strahl auf die drei schwarzen Pünktchen da unten auf dem Sandstrand warf. »Glaub mir, Biggi, es ist für uns alle schwer. Auch für mich. Meine Worte sind oftmals stärker als ich selbst. Doch was bleibt uns denn übrig? Wir müssen da jetzt einfach durch.«

»Ja, aber du kriegst es wenigstens auf die Reihe«, sagte Biggi.

»Meinst du?«

In der vorherrschenden Wetterdramatik trugen Möwen ihr Federgewicht lauthals schreiend durch die hereinbrechenden Strahlen. An vereinzelten Stellen setzte sich bereits zuckriges Hellblau zwischen den rasch vorüberziehenden Wolkenballen durch. Ein augenscheinlich von viel Dynamik wie Vitalität durchdrungenes Wechselspiel vollzog sich vor ihren Augen mit bereits absehbarem Ausgang, wer von den Urkräften letztlich Oberhand in der Atmosphäre gewinnen würde. Nach Tagen verspätet eintreffender Herbststürme kündigte sich wieder eine ruhigere Phase ab. In einiger Entfernung, in Gegenrichtung, warf ein junger Mann, dick in Parka sowie Wollmütze eingepackt, fortgesetzt einen Stock auf den Sandstrand aus. Zwei zugehörige Hunde, in entfesselter Lebensfreude, jagten unverzüglich hechelnd dem Objekt der Begierde nach, zerrten kurz darum, bis jeweils einer das Holz apportierte.

»Wisst ihr was?«, sagte Claudia aufatmend. »Wie wäre es, wenn wir den Rückweg springend unter die Beine nehmen? Seid ihr dabei?«

»Ja, warum nicht«, fand Biggi. »Aber stechen wir gleich zur Promenade hinauf.«

»Ich nehme den Weg am Strand entlang«, meinte Christina, »ich gehe erst mal zu Eric. Dann treffen wir uns also im Badehaus wieder?«

»Ja, ist gut«, entgegnete Claudia, »und dann schlage ich vor, gehen wir erst mal was Warmes trinken, wenn offen ist, und bevor wir zu Sanders fahren.«

»Ja, gut so.«

»Also, dann bis gleich.«

Lachend staksten Claudia und Biggi durch den Sand zur Stranduhr hinauf, dem Beginn oder Ende, je nach dem, der terrassierten Promenade. Dort hatten sich mittlerweile weitere Zaungäste eingefunden. Offenbar hatten Sanders gerade den richtigen Zeitpunkt erwischt, wo sie den Strand nahezu ungeteilt hatten, ehe der sonntägliche Besucherstrom aus der Metropole einsetzte.

Währenddessen joggte Christina behände den Strand entlang, die Hände trotz alledem sorgsam in den weiten Fronttaschen ihrer Jacke vergraben. Die Temperatur hatte zwar mit dem Sonneneinfall merklich angehoben, doch pfiff ihnen nach wie vor eine steife Brise um die Ohren. Auf mittlerer Höhe stach ihr unmittelbar etwas Dunkles in den schäumenden Kronen ins Auge. Ein Holzstück dachte sie zunächst, doch bei genauerem Hinsehen fiel ihr die besondere Struktur des vermeintlichen Gegenstands auf. Das Bild klärte sich umgehend. Es war der tote Körper einer Schildkröte, die sichtlich leblos im unsteten Wasser schlingerte und drohte, jederzeit von einer mächtigeren Welle ins Meer zurückgespült zu werden. ›Nanu‹, dachte sich Christina bei ihrer Beschauung verwundert. ›Was macht denn dieses Tier hier? Zu dieser Jahreszeit?‹

Es war ihr durchaus bekannt, dass Diamantschildkrötenweibchen im nahegelegenen Natur- und Wildschutzgebiet, etwas nördlich von hier in der Jamaica Bucht, jeweils Ende Juni und Anfang Juli das von Dünen und Salzwassersümpfen dominierte Gebiet zwecks Eierlegung aufsuchten. In unmittelbarer Nachbarschaft befand sich einer der größten Flugtore des Landes, der Neu Yorker Kennedy Flughafen. Alljährlich zur Brutsaison kam es vor, dass der Flugverkehr umdisponiert werden musste, weil über hundert Schildkröten auf ihrer Wanderung zu den Nistplätzen am Strand die Fahrbahn überquerten. Moderne traf Urzeit.

Völlig atypisch hatte sich dieses mutmaßliche Weibchen entweder verirrt oder war nun vielmehr einige Monate lang tot in der Bucht herumgetrieben worden, bis der Sturm sie anschwemmte. Wie Christina vermutete, war sie aus irgendwelchen Gründen verletzt worden, was ganz danach aussah, wenn sie den versehrten Schild eingehender betrachtete.

›Nun ja, schade darum, die Kleine hat es offenbar irgendwie nicht geschafft. So war eben die Natur.‹

»Christina?!«, rief laut eine Stimme, während der junge Mann von vorhin in sportlichem Elan auf sie zuschritt. Die Hunde, darunter Rex, Claudias deutscher Schäfer, hatte er vorsorglich an die Leine genommen.

»Eric, schau mal! Eine tote Schildkröte.«

Als er ganz bei ihr war, ging er in die Knie, beschaute kurz den Kadaver. Ehedem zog er die Hunde kräftig mit der Leine zurück, sagte ›Pfui! Lasst das!‹

»Tja, die hat wohl ein größeres Tier erwischt, wenn nur halb. Aber es hat gereicht, um ihr den Garaus zu machen.«

»Armes Tier.«

»Wie man's nimmt«, befand Eric. »Das Leben gibt, der Tod nimmt.«

Unvermittelt stand er wieder aufrecht, nahm Christina kurzum in seine Umarmung, rieb ihr sportlich Arme wie Rücken, um zu guter Letzt einen verwegenen Kuss auf ihre unterkühlten Lippen zu drücken, fragte dann: »Na, habt ihr euren Spaziergang genossen?« Erics hagere Gestalt, die gewundenen Gesichtszüge sowie der windschiefe Nasenrücken mochten wohl auf den ersten Blick irreführend wirken. Die von reichlichem Sonnenbaden grobgesprenkelte Haut verriet jedoch seine wahre Passion, deutete an, dass Christinas Freund sein Leben keineswegs als Sofakartoffel verbrachte. Wie Christina schon alsbald herausfand, war Erics zweite Heimat nicht das klimatisierte Großraumbüro, wo er wahrscheinlich mit mehr mäßiger Begeisterung als Versicherungshengst sein Leben verackerte, sondern das Meer. Mit Leib und Seele dem aufgewühlten Element verschrieben, stürzte er sich vorzugsweise gemeinsam mit Surferkollegen vom Saturdays, dem einzigen Surfladen in Neu York Stadt, bei jeder passenden Gelegenheit in die Wellen des Far Rockaway Strandes, noch ein gutes Stück weiter östlich von hier. Der zehn Kilometer lange Strandabschnitt mit der Hochhäuserfront gleich hinter der Promenade erfreute sich steigender Beliebtheit. Das geschwungene Bord, ein verwegener Ritt darauf und nicht zu übersehen, weniger die Liebe, waren sein prickelndes Lebensexilier.

»Ja, total«, erwiderte Christina, »auch wenn's ziemlich windig war. Mama und Biggi sind aber schon mal voraus, zum Badehaus. Uns wurde doch recht kühl.«

»Ja?«

»Du?«

»Mir? Geht's gut. Den Hunden hat's auf jeden Fall Spaß gemacht. Man sollte eigentlich öfters herkommen, wenn das Hundeverbot nicht wäre.«

»Weiter hinten stört es bestimmt niemand.«

»Denk ich auch. Aber komm, gehen wir doch auch hinauf.«

»Was machen wir mit der Schildkröte?«, fragte Christina, wies mit den Augen auf das leblose Stück.

»Was willst du denn damit tun?«

»Ich weiß nicht.«

»Am besten liegen lassen. Das Meer holt sie sich schon wieder zurück.« Eric entließ Christina aus seinen Armen, packte mit seiner freien Hand kurzerhand die ihre und marschierte Richtung Badehaus los. Willig, wenngleich befremdlich berührt, ließ sich Christina von ihrem Freund zur Promenade hinaufführen. Hm, dachte sie. Eigentlich hatte Eric Recht, wie ja meist, es wäre am klügsten, das Tier liegen zu lassen. »Oder willst du sie etwa in einer Plastiktüte mit nach Hause nehmen und im Garten beerdigen?«, so sein neckischer Kommentar dazu. Nein, das wollte sie bestimmt nicht, aber irgendetwas stimmte sie dennoch nachdenklich.

Derselbe Wust wie vorhin beschlich sie erneut. ›Dein spezieller Draht zur Natur‹, bedachten ihre Eltern immer wieder, schon als sie Kleinkind war. Im Telefongespräch mit Oma aus Konstanz hörte sie Mama sagen: ›Christina spielt lieber im Wald mit Schnecken und Steinen, baut kleine Hüttchen, bestaunt Spinnennetze, so wie wir früher, während sich Biggi stundenlang mit ihrem Heer Barbiepuppen beschäftigen kann.‹ Auch wenn sie sich dies nicht ganz zu erklären vermochte, da es keinen wirklichen Unterschied machte, aber in dieser Beziehung tickte sie schon immer ein bisschen anders als die meisten ihrer Altersgenossinnen, blickte mit anderen Augen auf diese Welt und was sich darin befand, so wie die Welt vermutlich anders auf sie.

Dann ein versichernder Blick zurück: »Du hattest Recht, Eric. Sie ist bereits im Meer verschwunden!«

Als ob sie nie dagewesen wäre.

Ψ Ψ Ψ

11. September 2001: Todesangst um 09.59 Uhr!

»Jetzt nur einen kühlen Kopf bewahren!«, redete Thomas auf sich selbst ein, »schließlich wollen und sollen wir unserer Aufgabe gerecht werden, möglichst viele Leute da rauszukriegen. Das hat jetzt höchste Priorität!« Die Selbstanimationsstrategie funktionierte, nicht zum ersten Mal, währenddessen jeder der Männer für sich und unter schielender Beobachtung des Geschehens ob ihren Köpfen, sich slalomartig zum Eingang des Turmes vorarbeitete. Heil angekommen und den künstlich geschaffenen Durchgang in der Glasfront durchstiegen, bemerkten sie linkerhand eine größere Ansammlung von Männern in Uniformen. »Da rüber«, winkte Thomas, welcher die improvisierte Kommandozentrale sofort erkannte. »Finden wir zuerst raus, wo die uns einsetzen wollen!«

Auf den ersten Blick schien alles nach einem riesigen Durcheinander, denn da strömten endlose Reihen von flüchtenden Menschen über das Treppenhaus B herunter, ergossen sich in die hohe Eingangshalle des Nordturmes, mit dem Wunsch, irgendwie in die richtige Richtung weitergeleitet zu werden, hinaus ins Freie, in Sicherheit. Und doch wickelte sich alles erstaunlich geordnet, fast schon unheimlich ruhig, ab. Keine Panikläufe, keine Hysterie, vielmehr wie Lämmer zur Schlachtbank, welcher sie soeben entflohen. Die Luft im Innern war durchwirbelt mit muffigen Staubpartikeln, die Sicht halb vernebelt, dabei eine gespenstige surreale Atmosphäre erzeugend. Und dennoch behielten die zahlreich versammelten Rettungs- und Einsatzkräfte sowie Polizeieinheiten allesamt einen erstaunlich kühlen Kopf, voll konzentriert auf ihre Aufgabe. Insofern das perfekte Chaos im Chaos. Beim Bienenhaufen erkannte Frank Giberson den befehlshabenden Kommandanten des Departementes, Pete Hayden. Jener, gellend, halb bellend, wurde umringt von Dutzenden von Feuerwehrmännern verschiedenen Ranges, welche alle auf einen Einsatzbefehl warteten. »Na, das dauert aber eine Ewigkeit, bis wir da einen Auftrag kriegen«, sagte Thomas ungeduldig, fast mürrisch, zu Bob und Scott, welche gleich hinter ihm standen. »Nur zum Rumstehen sind wir nicht herbeigehechtet. Da oben ist die Hölle los! Ich will rauf, ich will, was tun, gleich! Na, was meint ihr?« Zustimmendes Nicken deutete an, dass er ihnen aus der Seele sprach. Bob: »Dauert viel zu lange! Da oben zählt vielleicht jede Minute!«

»Schaut, da drüben ist der Picciotto schon los!«, sagte Scott beim Rüberschauen zum Treppenhausaufgang. »Kommt, jetzt drängeln wir einfach ein bisschen vor!«, schlug Thomas vor, ging zielstrebig ans Werk. Gesagt, getan. Eine Minute später ließ er freudestrahlend verlauten, dass im 45. Stock Leute herauszuholen wären. Kinder darunter. Was zur Hölle suchten Kinder hier, an einem solchen Tag wie heute?! »Also, dann, Jungs, melden wir uns noch schnell beim Kommandobrett an, und los geht's!« »Super, Thomas, Superschlauch!«, bestätigte ihn Bob mit einem herzhaften Schulterklopfen, drängte sich dann galant, heute diesen Part im eingespielten Team übernehmend, zum Koordinator, händigte diesem seinen Sticker von Bataillon 11 aus. Danke Jungs, dessen Antwort, froh darüber, dass andere an diesem verrückten Einsatz heute mitdachten und ihm entgegenarbeiteten. Bleibt in Funkkontakt! Okay?!

Seltsam, dachte Thomas, jetzt waren sie endlich hier, ging es los! Abkommandiert zum mutmaßlich größten Einsatz ihrer Feuerwehrmannkarriere! Extremer war ja kaum noch möglich, nicht? »Bereit?!«, fragte er mehr in Form eines Befehls. »Bereit!«, kam unmittelbar die Bestätigung von Bob, Scott und den andern. Kevin Henderson, Michael Schardt, Frank Giberson sowie Christopher Palazzo waren mittlerweile zu ihnen aufgestoßen, schleppten weitere Ausrüstung herbei. »Macht euch auf alles gefasst da oben!«, rief Thomas, richtete seinen Blick zu den Aufgängen, und überhört, was draußen vor sich geht, dachte er still. Zwar hatten sie sich vom kräftigen Box in die Magengegend von vorhin erholt, als sie mit diesem grausigen Anblick herunterstürzender und aufprallender Menschen konfrontiert wurden, doch war jedem klar, was dieses konstante dumpfe Knallen unmittelbar außerhalb des Turmes bedeutete! Wenn man das nur jemals wieder aus dem Kopf kriegte!

»Wird eng«, rief Bob voraus, während sie sich an den herunterströmenden Einerreihen vorbeischlängelten. »Für breite Treppenhäuser haben die natürlich nicht gedacht!« Thomas schmunzelte zurück, wartete auf dem kleinen Podest, bis eine beleibte Lady sich an ihm vorbei gehangelt hatte, sich an die Wand abstützend. Trotz der ganzen Hektik war ihm ein freundliches Lächeln gewiss, als sie ihn erblickte: »Danke, Jungs!« Verschmitzt lächelte Thomas zurück, dies hatte er doch schon lange nicht mehr so gehört und vor allem nicht in einer solch Extremsituation. Aber tat doch gut! Obgleich sie ja noch gar nichts konkret umgesetzt hatten. Aber die Herausforderung Nummer 1 erforderte bereits ihre ganzen Kräfte: der Aufstieg so viele Treppen rauf, seine Jungs mit dermaßen viel Gepäck ausgestattet. Man hörte bereits hinten: Diese Hitze! – Mir läuft jetzt schon der ganze Schweiß aus den Poren! – Das nächste Mal nehmen wir den Lift! – Thomas …?!

»Ja?! Alles klar?«, rief zurück, wandte sich um, sah, dass es im lediglich neunzig Zentimeter breiten, fensterlosen Treppenhaus zusehends stickig, ja, mühselig wurde, sie richtiggehend schlauchte. Hoffentlich reichen ihre Kräfte bis zum Zielort!

»Bis wohin, hast du gesagt?«

»45. Stock.«

»Puh, wir sind erst im 11.«

»Ja, ich weiß. Durchhalten!«

Oder doch nicht, dachte er, sich streng überlegend, ob sie der Versuchung einer Liftfahrt erliegen sollen, um so den anstrengenden Aufstieg abzukürzen. Grundsätzlich war von Liften in Brandfällen abzuraten, außer, man war sich sicher, dass der Betrieb einwandfrei funktioniere. Hatte er schon erlebt, vor einigen Jahren, ein Wohnhaus mit 16 Stöcken. Da ging das Risiko auf, und ihre Rettung erwies sich als ungemein effektiver. Was man nicht alles für Argumente dafür herbeibemühte, wenn man etwas unbedingt so sehen wollte, wie es von Vorteil war! Aber das war legitim! Frage war nur: in den unteren Stockwerken vertraute er durchaus darauf, dass die Lifte intakt fuhren. Was aber weiter oben? Es war ja ohnehin ein verwinkeltes Lift- und Schachtsystem im Nordturm. Was, wenn ein höherer Lift untüchtig wird und außer Kontrolle gerät, abstürzt?! Womöglich auf untenstehende Lifte oder Schächte? Keinesfalls wollte er seine Leute einer unnötigen Gefahr aussetzen. Das würde niemandem was bringen! Im Gegenteil, gerieten sie selbst in Not und bedürften womöglich der Rettung.

»Hey, Thomas! Hallo, altes Haus!«, riss ihn eine bekannte Stimme aus seinen Überlegungen. Beinahe etwas aufgeschreckt guckte er auf, blickte David Callahan ins lachende Angesicht. David arbeitete bis vor fünf Jahren auf ihrer Wache in Harlem, ehe er in ein anderes Revier weiter östlich wechselte. Spontan hielten sich anfangs noch den Kontakt aufrecht, aber wie das eben so war ... »Danke, gleichfalls, alte Hütte! Mensch David! Trifft man sich so wieder?!« »Du sagst es! Muss zuerst das GANZ GROSSE eintreten!«, erwiderte David lakonisch, klopfte aber Thomas erfreut die Schulter. Nun, Zeit, um groß zu palavern war jetzt keine, das war beiden klar! Thomas nutzte die Minuten, um seinen verschwitzten Männern eine kurze Ruhepause zu gönnen. Die ihnen entgegenströmenden Kolonnen lichteten sich ohnehin, je weiter nach oben stachen, schuf mehr Platz und Bewegungsfreiheit für alle.

»Zum 45. wollt ihr, sagst du?«, fragte David.

»Ja, ist noch eine Strecke!«

»Nehmt doch den Lift!«

»Meinst du?«

»Ja, würde ich wagen. Ab dem 14. Stock fährt einer fast bis rauf.«

»Risiko?«

»Gering. Sah vorhin Leute da rauskommen. Also, muss er noch funktionstüchtig sein.«

Ein solches ›Angebot‹ war natürlich kaum auszuschlagen, dachte Thomas. Bob, welcher mittlerweile zu ihm aufgeschlossen hatte, begrüßte David nicht minder herzlich, überzeugte Thomas sogleich von der Sinnhaftigkeit der Chance. »Na, komm, Thomas, also, das wagen wir doch! Uns wird ja wohl nicht gerade die ganze Bude auf den Kopf fallen!«, fügte er scherzhaft lachend an, dachte vielmehr an einen oberen Lift, dessen Tragseil gerissen war. »Hör auf Bob!«, ermutigte ihn David, während er seinen Leuten ein Zeichen gab. »Also, wir müssen jetzt runter!« »Klar«, brummelte Thomas, den Mund verziehend. »Passt gut auf euch auf, Jungs!«

Beim Anblick Dutzender hoffnungsvoll auf ihn gerichteter Augen erforderte es keine großartigen Überredungskünste. Eigentlich wäre es ja schon fast sträflich, wenn sie da ablehnten, alle Risiken ausblendend. Drei Minuten später drückte Bob auf den Knopf des Expressliftes, warteten die Männer darauf, dass die metallenen Schiebetüren auseinanderrollten, um ihnen Einlass zu gewähren. »Wir nehmen den linken, ihr den rechten!«, ordnete Thomas an. »Wir sehen uns gleich im 48. Stock! Wartet dort! Die drei Stockwerke gehen wir gemeinsam zurück!« Gesagt, getan.

Leise surrten die Aufzugtüren zu, rückten Thomas und Bob näher zu Kevin Hendersen und Scott Belsen auf, um nicht den Schließvorgang zu behindern. Von einem Kratzen im Hals irritiert hustete Kevin in seine Faust, während Christopher seinen Überzug weiter öffnete, um sich mehr Luft in der stickigen Kabinenatmosphäre zu verschaffen. Die unverhoffte Erleichterung genießend, stand jeder für sich da, dicht an dicht gedrängt, irgendwo und nirgendwo in Gedanken versunken. Schließlich räusperte sich Bob, meinte dann zu Thomas, so dass der seinen Atem zu spüren vermochte: »Da sparen wir natürlich extrem viel Zeit und Energie, die wir oben besser einsetzen können! War 'ne gute Idee, Gartenschlauch.« »Hoffen wir, dass es klappt, Alter!«, flüsterte Thomas diskret Bob zu, denn eigentlich war ihm schon etwas mulmig um die Magengegend rum. Dies könnte sich als verheerende Fehlentscheidung erweisen! »Nicht auszudenken, wenn …«. Weiter kam er nicht, denn ein merkwürdiges Geräusch in der Decke ließ ihn seine Gedankengänge unterbrechen. Unverwandt warf er einen Blick auf seine Armbanduhr, stutzte. Es war 0959 Uhr.

In einem Aufzug zu stecken, in einem brennenden Turm, mit Windeseile dem Inferno entgegen zu sausen, nie wissend, ob da was abstürzt, auf ihre Köpfe, und sie unvermittelt mit in die Tiefe reißen würde oder sie steckenblieben, auch keine angenehme Vorstellung; da musste doch jedes ungewöhnliche Geräusch die ohnehin schon hellwachen Sinne doppelt und dreifach aufblitzen lassen. Nahezu gleichzeitig hoben sich die Köpfe der Männer nach oben; Stirnrunzeln allenthalben. Erneutes Räuspern von Bob, beinahe störend, aber eine klare Übersprunghandlung, um sich selbst abzulenken.

Dann kam es!

Laut. Immer lauter. Plötzlich sich in ein Donnern verwandelnd, als ob alle Verkehrsmaschinen auf dem La Guardia-Flughafen oder dem JFK in der Jamaicabucht gleichzeitig landen wollten, direkt auf ihnen, durch sie hindurch! »Mein Gott!«, entfuhr es Michael Schardt spontan, »was ist denn das?!« Doch seine Worte blieben ungehört, da dieser Lärm eine Lautstärke annahm, welche jegliche bisher bekannten Dimensionen sprengte! Ihnen fast das Trommelfell zerriss! Was um Himmels Willen war das?! Klang etwa so ein ausgeklinkter Aufzug? Thomas und Bob, den Atem anhaltend, mäuschenstill und starr, blickten sich in die Augen. War da etwa ein Vorwurf auszumachen? Vorwurf an sich selbst! Ließen sie sich in ihrem Verlangen nach Bequemlichkeit, dem schnelleren Weg, zu einer fatalen Entscheidung hinreißen, welche sie nun leichtsinnig das Leben kosten würde?! Ja, da waren sie nun, gefangen im Mäusekäfig.

Wie lange dies schon andauerte, war in diesem Augenblick schwer zu eruieren. Jede einzelne Sekunde nahm den Charakter von Stunden an. Spontan faltete Kevin Hendersen, golden schimmerndes Riesenkreuz um seinen Hals, seine Hände, schloss die Augen. »Das war's dann!«, flüsterte er stellvertretend für alle, als das Licht erlosch, der Aufzug zunächst heftig erbebte, dann stehenblieb. Sogleich wurde ihnen förmlich das Gefühl vermittelt, als ob ihnen der Fußboden entglitt! Auch wenn es keiner zugab, nie im Leben, so kroch doch für einen kurzen Augenblick eine gewisse Todesangst in ihnen auf, insbesondere bei denjenigen, welche noch nie in eine solche Extremsituation geraten waren wie zum Beispiel Michael Schardt.

Desgleichen Thomas, keineswegs als Weichei bekannt, eher der abgebrühten Sorte, biss sich auf die Lippen, dachte an seine Familie. Unmittelbar schossen Bilder von Claudia und seinen Töchtern herauf, von seinem invaliden Bruder Michael und Lyke, seiner Frau. Wenigstens eine schöne Erinnerung um zu sterben, wenngleich sie es nie erfahren würden! Hart!

Wenn Welten auseinanderklaffen oder aufeinanderprallen

Binnen weniger Minuten hatten Christina und Eric zu den andern ins Badehaus aufgeschlossen, welche bereits mit der Auswahl eines warmen Getränks an der Theke beschäftigt waren. Die Hunde mussten brav draußen bleiben.

»Na, da seid ihr ja!«, rief Biggi.

»Auch schön durchgefroren?«, wollte Claudia wissen.

»Ja, so könnte man sagen, aber es war herrlich!«, entgegnete Eric. »Rex ist ein guter Hund, gefällt mir.«

»Finde ich auch, danke fürs Spielen mit ihm. So waren wir völlig frei.«

»Keine Ursache, Claudia. Laya und er verstehen sich gut.«

»Ein Traumpaar«, vermerkte Biggi verschmitzt.

»Nur das nicht!«, erwiderte Claudia umgehend.

»Keine Bange, Leute, bei Laya läuft da nichts mehr, hab' schon dafür gesorgt«, gab Eric spitzbübisch schmunzelnd Entwarnung und unterstrich mit einem Augenzwinkern sowie einer Handgeste, dass er vorgesorgt hatte. Schnipp, schnapp, und die Sorge war aus der Welt; dem Vergnügen stand nichts mehr im Wege. Vaterfreuden wären das letzte, was er sich vorstellen wollte; und sei es nur für seine Hündin. Dazu war er im eigenen Fall immerzu gut ausgerüstet, für alle spontanen Fälle.

Die Jacke noch immer zugeknöpft und die Wärme des Badehauses genießend, sagte Christina, bibbernd: »Ich brauch' jetzt unbedingt eine warme Schokolade.«

»Hast du dich etwas unterkühlt, Christina?«, fragte Claudia nicht ohne einen besorgten Mutterblick aufzusetzen.

»Nein, ich denke nicht, wir sind gerade noch rechtzeitig in die Wärme gekommen.«

»Wo wart ihr denn noch solange?«, fragte Biggi.

»Christina hat eine tote Schildkröte gefunden, wurde angespült.«

»Ja? Tatsächlich? Jetzt im November?«

»Ja, wir waren auch erstaunt. Normalerweise sieht man die doch im Juli, wenn sie sich fortpflanzen«, sagte Eric.

»Eigenartig.«

»Sie war vermutlich schon lange tot; war angefressen«, bemerkte Christina, gab dann ihre Bestellung auf.

»Dann hat sie der Sturm irgendwo hervorgespült«, spekulierte Biggi.

»Haben wir auch gesagt.«

»So, was nehmen wir denn?«, sagte nun Eric zu sich selbst und kratzte seinen blonden Geißbart, der es immerhin schon auf beachtliche Handlänge gebracht hatte. Dass er mächtig stolz darauf war, war unübersehbar.

Ψ Ψ Ψ

Kurz hernach am gemeinsamen Tisch mit Blick durch die raumhohe Glasscheibe aufs satinschwarze Meer nippte zunächst jeder erleichtert an seinem Becher in Übergröße, sog betulich die Wärme des Getränks ein. Heiße Schokolade erwies sich als der Renner des Tages, während sich rosa Backen in glänzenden Gesichtern bildeten. Fürwahr war es der rauen Bise gelungen, letzte verborgene Ritzen ihrer Winterjacken aufzuspüren. Gottlob hatte Claudia zu Hause noch ermahnt, sich darunter einen dicken Pullover anzuziehen, aus Wolle, und einige Halstücher einzupacken. Am Strand könnte es empfindlich frisch werden im Gegensatz zur behaglichen Stube. Und dennoch, kamen sie abschließend überein, dass das Einwirken der beherzten Naturelemente heute Morgen genau das Richtige war, um ihre eingemotteten Seelen wieder zu entstauben. Bei Eric hingegen schien nicht der Ansatz dieses Bedürfnisses vorhanden zu sein, was auf das Nichtvorhandensein irgendeiner Notwendigkeit diesbezüglich schließen ließ. Sein Bedarf war anderer Natur.

»Ich wäre um ein Haar mit dem Surfbrett aufgetaucht«, brummelte Eric, streckte sich. »Ich hab's mir heute Morgen echt überlegt, war dann aber doch zu müde. Das heißt, meine Kumpels sind schon längst los.«

»Von den Wellen her hätte es sich heute bestimmt gelohnt«, meinte Biggi.

»Abgesehen vom arschkalten Wasser ist dies die beste Zeit!«

»Wie kalt ist's denn?«

»Allenfalls zehn, zwölf Grad?«

»Brrrr! Hör auf, mich fröstelt's ja schon allein vom Zuhören.«

»Du steigst natürlich nicht mit der Badehose ins Wasser. Dafür gibt es Neoprenanzüge.«

»Und das reicht?«

»Ja, bis jetzt schon. Dir stände so einer bestimmt auch gut.«

»Mir?«

»Ja, du würdest bestimmt eine gute Falle darin machen«, sagte Eric lachend, unübersehbar auf Biggis tolle Figur anspielend. Seine gräulichen Augen unter dem wuseligen Blondschopf äugten schon seit längerem verstohlen zu ihr rüber, begutachteten minutiös die Details von Biggis Kanten und Kurven, ihr umschmeichelndes blondes Haar. Nicht nur Christina, auch Biggi verfügte über diese anmutige Natürlichkeit, die ihren Barbies vollkommen abging. Wobei gestohlen hatten es beide nicht, wenn man ihre Mutter in Betracht zog. Jungs vom Typ Eric wurden extrem von diesem Blond angezogen. »Na, was meinst du? Willst mal bei uns im Laden vorbeikommen? Ich hätte diese Woche gut Zeit. Am Dienstag sollte eine neue Lieferung reinkommen. Dann gibt's noch alle Größen.«

»Hm, weiß nicht, ist glaub' nicht so mein Ding«, befand Biggi kurzweg.

»Sag das nicht zu früh, bei uns im Saturdays ließe sich problemlos was finden. Du müsstest halt mal reinschauen. Für Christina haben wir ja schließlich auch was Passendes gefunden.«

»Nur stelle ich mich auf dem Surfbrett nicht so toll an damit«, gab Christina schmunzelnd zu, »eher wie ein Krake auf Landurlaub.«

»Alles eine Sache der Übung. Was du jeden Tag machst, geht dir rasch in Fleisch und Blut über. Und das Gefühl, auf einer Welle daherzureiten, ist einfach unübertrefflich, besser noch als Sex.«

»Ja?«, sagte Biggi raunend, schielte zu Christina rüber. Aus dem gegenwärtigen Gesichtsausdruck ihrer Schwester war zwar schwerlich zu erraten, was ihr gerade durch den Kopf schoss. Aus bisherigen Aussagen schloss sie indes, dass dieser Eric nichts tierisch ernst nahm. Immerhin wurde er doch auch schon achtundzwanzig und war, so wie es aussah, alles andere als ein Kostverächter.

»Ich bin sicher, die Jungs hatten heute Morgen die perfekte Welle. So was gibt es nicht alle Tage«, sagte Eric, während er im Minutentakt sein Mobilphon kontrollierte.

»Wo geht ihr denn jeweils hin?«, fragte Claudia.

»In der Regel zum Far Rockaway. Wir beladen meist unsere Trucks beim Geschäft im SoHo-Quartier und fahren dann möglichst frühmorgens raus. Ganz gut zum Surfen ist aber auch der äußerste Zipfel der Langinsel, in Montauk. Wenn die Herbststürme so richtig die Sau rauslassen, reitest du dann natürlich vier Meter hohe Wellen!«

»Wow! Nicht schlecht«, meinte Biggi.

»Willst also doch mal mitkommen?«, lächelte Eric ihr zufrieden zu, setzte seinen holzigsten Charme auf, der ihm wider Erwarten schon viele Türchen geöffnet hatte. Anscheinend standen nicht wenige Frauen darauf, wenngleich diese sich erstmals zierten. Diese Biggi würde wohl keine Ausnahme bilden und demnächst anbeißen. Zunächst an ihrer Schokolade nippend, antwortete ihm dann diese: »Kaum, mein guter Eric. So angefressen bin ich nun doch nicht. Überdies bin ich keine Wasserratte.«

»Was nicht ist, könnte noch werden.«

Die Tasse mit beiden Händen umfassend, fragte Claudia neugierig: »Wieso warst denn *du* nicht dabei heute? Das Surfen scheint ja wirklich deine große Leidenschaft zu sein, so wie sich das anhört.«

»Hund, zwei Jobs, Surfen, Freunde, Motorrad, Nachtleben, Freundin«, meinte Eric verschmitzt grinsend und legte seinen sehnigen Arm um Christinas Schultern, »das heißt, meine überaus *gescheite* Freundin hier, um genau zu sein.« Kurzerhand lehnte er sich zu Christina rüber und drückte ihr einen Schmatz auf die Wange. Sein Bocksbart kratzte hörbar.

»Eric arbeitet neuerdings samstags in einer Bar«, sagte Christina.

»Ja«, meinte Eric ächzend, »allerdings.«

»Wo denn das?«, hakte Claudia nach.

»Thompson-Hotel, habe bis um halb drei aufgelegt. Ich glaube, mein Blut kocht jetzt noch. Total heißer Schuppen da!« Insbesondere die Mädels, dachte er, die da in Scharen aufkreuzten, um sich von seiner Musik zu heißen Rhythmen aufheizen zu lassen, inklusiv anschließendem total individualisierten ›Verwöhnprogramm‹, wie er dies nannte.

»Na, ja, warum nicht?«, sagte Claudia. »Wenn du dies alles unter einen Hut kriegst, ist ja gut.«

»Also, bislang klappt alles wie am Schnürchen. Meine kleine süße Strandbiene hier sagt mir schon, wenn sie zu kurz kommt, nicht?«, sagte Eric lächelnd, woraufhin das ›Insekt‹ erneut einen schmalzigen Kuss verabreicht kriegte; dieses Mal auf die Lippen.

Während Eric noch gut gelaunt wie ausgiebig zu seinem Strand-Stadt-Büro-Bar-Sattel-Leben ausholte und keinen Anlauf ausließ, Biggi für das Belegen eines Surfschnupperkurses zu bewegen, natürlich unter seiner kompetenten Anleitung, trat Claudias Sinn unbesehen eine ganz andere Wanderschaft an. Erst rätselte sie noch darüber, wie es menschenmöglich war, dass man so nahe beieinandersitzen konnte und zugleich in Welten lebte, die nicht unterschiedlicher sein konnten. Unvermittelt stellte sich ihr auch die Frage, ob dieser Eric, so ein netter Kerl er ja im Grunde war, eigentlich mitgekriegt hatte, was am Elften geschah, beziehungsweise, wie ihrer Familie unmittelbar die Decke eingestürzt war. Unentwegt befanden sie sich seither im freien Fall, und wie er vielleicht noch nicht bemerkt hatte, auch ›seine kleine Strandbiene‹. Sicherlich tat Christina eine gewisse Ablenkung gut, aber ihr Lebensinhalt bestand nun mal nicht nur aus Uni, Strand und Vergnügen. Zurzeit surfte sie ganz andere Wellen weg, um es mal so zu sagen.

Dieweil Eric nunmehr von Weißhaisichtungen, Motorradreisen auf ihren Harleys auf der Route 66 bis hin zu Verflossenen rapportierte und stolz seine neuste Tätowierung am linken Oberarm präsentierte, eine heiße Braut im Surferlook, zog sich ihr Sinn in die mentale Klausur zurück, ein Zustand, wie sie ihn noch nie zuvor in ihrem Leben in dieser Intensität an sich erlebt hatte. Denn wie sie verspürte, war zwar die erste Phase, der akute Schock sowie das damit einhergehende vehemente Verneinen, am Abklingen. An seiner Stelle durchsäuerte nun allmählich eine traurige Gewissheit ihr Empfindungsvermögen, mit zuweilen stark depressiven Ansätzen. Als kleiner Trost half die Tatsache, dass sie nicht allein da stand. Da waren so viele Ehepartner, berufstätige Väter wie sorgende Mütter, teils Kinder, die mit einem Schlag aus ihren Familien weggerissen worden waren. Wer kam nun für die Hinterbliebenen auf, nicht nur finanziell? Wer kümmerte sich um sie, wenn die ärztlichen Notfallteams der ersten Stunde wieder abgezogen wären? Klar, die allgemeine Solidarität war riesengroß, nicht nur unmittelbar darauf. An Unterstützung wie Hilfsangeboten von allen Seiten mangelte es fürwahr nicht. Nachbarn kamen nach jahrelanger Ignoranz aufeinander zu, Freunde sprangen großzügig in die Lücke, Bekannte meldeten sich nach Jahren der Absenz tröstlich zurück. Einfach gewaltig, was diese Anschläge, so mörderisch sie waren, handkehrum an Positivem, an längst Verlorengeglaubtem in der Gesellschaft wachriefen! Und alles wegen dieses Dienstagmorgens, einem Tag, der doch nachträglich betrachtet unglaublich harmlos wie gewöhnlich angefangen hatte. Ein Wochentag, wie es ihn doch schon Hunderttausende vorher gegeben hatte.

Wie immer beugte sich ihr Mann Thomas auch an jenem Morgen tief nieder, drückte ihr einen langgezogenen Kuss auf die Wange. ›Morgen, mein Liebling‹, flüsterte seine verrauchte Stimme an ihrem Ohr, ›gut geschlafen?‹. Es war ihr, als könnte sie die Wärme seines Kusses heute noch auf ihrer Wange verspüren, wünschte sich im Grunde nichts sehnlicher, als dass es zurückkäme, eine Fortsetzung gäbe. Im Nachhinein wusste sie nun, dass es Thomas' letzter Abdruck in ihrem Leben sein sollte. Ein Kuss, nicht wie in der Frühzeit ihrer Beziehung aus noch jugendlichem Sturm und Drang geboren, sondern nunmehr als Bekenntnis einer herangereiften Liebe. Gereift an der vielfach erprobten Bereitschaft, aller

Ungemach zum Trotz gemeinsam Höhen wie Tiefen durchzustehen. Auch wenn letzteres angesichts Thomas' hitzigen und ihres eher zurückhaltenden Gemüts nicht immer leicht ausfiel, besonders in der Anfangsphase ihrer Paarbeziehung.

Ψ Ψ Ψ

Erics charakteristische Würgstimme holte sie unmittelbar wieder zurück. Gerade noch kriegte sie mit, wie er von einem Reifenplatten auf der Route 66 erzählte, auf einem Abschnitt im Bundesstaat Oklahoma.
»Mensch, da saßen wir mitten im Nichts fest, aber das war noch das Geringste«, vermerkte der nicht ganz ohne Stolz, schnalzte mit der Zunge.
»Wieso meinst du?«, fragte Biggi, in Erwartung eines noch krasseren Ereignisses, das Eric nach bisheriger Logik gleich auftischen müsste.
»Das war im Mai 99.«
»Da musst du mir etwas auf die Sprünge helfen. Ich kann mich nicht unmittelbar erinnern, was da los war.«
»Weißt du nicht mehr? Da zog einer der schlimmsten Wirbelstürme durch die Gegend.«
»Ach ja?«
»Wir waren schon den ganzen Nachmittag auf der Flucht, das heißt, eigentlich hatten wir Riesenspaß, diese Windhosen zu verfolgen.«
»Bis zum Platten? Und dann kehrte der Spaß?«
»Ja, fast. Wir hatten schon zur Genüge zersplitterte Scheunen gesehen. Also, die hat es total auseinandergenommen, wie Zündholzschachteln!«
»Ist denn etwa eine Windhose auf euch zugekommen?«
»Ich glaube, Biggi, wir zwei verstehen uns auf ganz natürliche Weise«, vermerkte Eric mit einem verbrämten Grinsen. Am liebsten hätte er jetzt gleich … »Da standen wir doch also am Straßenrand im Nirgendwo, nahmen den Reifenwechsel vor, als plötzlich einer schrie: ›Jungs, verzieht euch! Gleich ist hier die Hölle los!‹ Als ich aufblickte, kam da tatsächlich so ein Wahnsinnsding dahergerast, steuerte prompt auf uns zu! Mensch,

das war ein Anblick! Das war, glaub ich, das erste Mal in meinem Leben, dass ich so etwas wie den Ansatz weicher Knie gekriegt hatte!«
»Klingt ja äußerst spektakulär!«
»Einige der Jungs sind halb durchgedreht und gleich abgehauen.«
»Und du?«
»Ja, was denkst du?«
»Keine Ahnung, muss eine ziemlich ungemütliche Situation gewesen sein. Als ich klein war, ist mal eine Krähe auf mich losgegangen, aber das kann man in diesem Fall wohl kaum vergleichen.«
»Erst wollte ich meine Harley nicht einfach dort liegen lassen. Zuschauen, wie es diese in lauter Einzelteile zerlegt. Doch dann hat mich der Anblick dieses Undings eines Besseren belehrt. Also, habe ich kurzum beim Kollegen aufgebockt; und wir sind davongebraust.«
»Und die Harley?«
»Haben sie dann in Nevada zusammengelesen«, witzelte Eric äußerst amüsiert, warf einen erneuten Blick auf sein Mobilphon, stutzte kurz. »Nein, zum Glück ist nichts geschehen. Der Tornado hat dann im letzten Augenblick abgedreht. Aber einen Moment lang stand es schon auf Messers Schneide. Ich glaube, es war damals, als ich mir geschworen hatte, mich wieder vermehrt aufs Surfen zu konzentrieren. Mit diesen Stürmen ist doch nicht so zu spaßen.«
»Ja, die darf man wahrscheinlich nicht unterschätzen«, sagte Biggi, wollte einen letzten Schluck aus ihrem Kaffeebecher nehmen, um enttäuscht festzustellen, dass dieser bereits leer war. Zeitgleich griff Eric nach seinem Pappbecher, berührte Biggis Finger kurz mit den seinen. Unmittelbar durchfuhr ein Schauern seinen Körper, gerieten die ohnehin schon bröckelnden Mauern seiner Selbstbeherrschung arg ins Wanken. Nochmals eine solche Berührung und er würde sämtliche Sturmwarnungen augenblicklich in den Wind schlagen. Schließlich sagte er: »Wie wir nachträglich erfahren haben, erreichten die Stürme damals Spitzengeschwindigkeiten von über fünfhundert Stundenkilometern.«
»Wow! Unglaublich!«, meinte Biggi beeindruckt. Sie glaubte, von Erics Blicken förmlich aufgesogen zu werden. Verunsichert wendete sie ihren

Blick ab. Vorhin, als sie den Kaffee bestellten und Eric mit Christina sich dazugesellte, stand er unmittelbar hinter ihr, berührte sie mehrmals unauffällig, aber doch merklich. So wie es aussah, war der total scharf. Erst versuchte sie es mit Ignorieren, lachte laut, um abzulenken, doch jetzt traten sie allmählich in eine penetrante Phase ein. Ihre Signale schienen das Gegenteil zu bewirken. Unverwandt fiel ihr Blick zu Christina rüber. Zu ihrer Erleichterung brach nun ihre Schwester ihr Schweigen: »Hängt allenfalls mit dem Klimawandel zusammen.«

»Was für ein Klimawandel?«, fragte Eric überrascht, schaute Christina an.

»Die ganze Debatte mit dem CO_2-Ausstoss und so.«

»Dem was?«

»CO_2, kennst du nicht?«

»Äh, doch, schon, aber was hat das mit den Stürmen zu tun?«

»Ja, weißt du das nicht?«, sagte Biggi, sogleich aufs neue Thema einschwenkend. »Je mehr fossile Brennstoffe wir verbrennen, desto mehr wird das Erdklima angeheizt, und man sagt, dass damit auch die Stürme heftiger werden und die Katastrophen und Schäden zunehmen. Wenn wir so weiterfuhrwerken, mit Öl und Kohle, fahren wir uns ökologisch an die Wand.«

»Und zwar mit Vollgas!«, ergänzte Christina.

»Ja?«, meinte Eric ungläubig, deutlich signalisierend, dass er das Leben mit seinen vielen Vorzügen lieber in vollen Zügen genoss als sich den Kopf über ›solches Zeug‹, wie er zu sagen pflegte, zu zerbrechen. »Stimmt das wirklich?«

»Ja, glaubst du es denn etwa nicht?«

»Hm«, raunte er, verzog den Mund, sichtlich genervt über solch pessimistisches Gerede, »da wird so viel Widersprüchliches darüber erzählt, da weiß man am Ende gar nicht, was man glauben soll. Abgesehen davon, Tornados hat es schon immer gegeben! Das ist doch pure Angstmacherei! Die gönnen doch den Leuten ihr Vergnügen nicht! Da stecken bestimmt irgendwelche grüne Ökospinner dahinter! Alles nur alles Spießer und Spaßverderber, wenn du mich fragst!«

»Findest du?«, fragte Biggi.

»Ja, natürlich. Also, die Leute dort drüben nehmen es total gelassen. Und ist ja nicht mehr so wie früher, als es noch keine Sturmwarnungen gab.«

Und dennoch gab es Dinge, bei denen es trotz aller Moderne, bester Technik sowie naiver Technikgläubigkeit nach wie vor keine Vorwarnungen gab. Nämlich dann, wenn zum Beispiel aus heiterem Himmel ein rumpelnder Donnerschlag erfolgte, dann ein giftiges Pfeifen die Luft erzittern ließ bis zum dumpfen Einschlag. Wenn nicht nur Glas und Stahlträger in gewaltigen Feuerbällen augenblicklich zerbarsten, sondern maßlose Zerstörung sowie der eklige Geruch des Todes sich unverzüglich ausbreiteten. Wenn es mit einem Schlag die Welt oder zumindest die Sicht seiner arglosen Betrachter darauf binnen weniger Sekunden und Minuten in Schutt und Asche legte. Dann war eingetreten, wovor es nach wie vor keine Berechenbarkeit gab, im Grunde das meistgefürchtete Element darstellte, nämlich der *menschliche* Faktor. Denn vor sich selbst, war der Mensch nach wie vor nicht gefeit.

Der Tag jenseits aller Vorstellungen

Wie Hunderttausende anderer Berufsleute saß Lyke an jenem schicksalsträchtigen Morgen an ihrem Arbeitsplatz, in ihrem Fall einem lichtdurchfluteten Büro einer Neu Yorker Werbeagentur, die auf der Südkante der Kanalstraße ihre Räumlichkeiten aufgeschlagen hatte, nippte unbedarft an ihrem Morgenkaffee. Bereits vor Jahren hatte sie sich diesen Teilzeitjob via Beziehungsnetz ergattert, ehe ihre Kinder flügge wurden und mit Aus- und wieder Einzug beschäftigt waren, bis sich zu ihrer Erleichterung ein endgültiger Zustand etablierte. Wie meist guter Dinge ging sie ihrem Sekretärinnenjob nach, als der Wahnsinn um 8:46 Uhr Ortszeit seinen Verlauf nahm.

Reese, ihre junge sowie stets schick gekleidete Pultnachbarin gegenüber, und sie unterhielten sich gerade über die peinlichen Pannen einer Fotokampagne für eine nationale Modekette, als das erste zu Massenmord umfunktionierte Flugzeug blitzartig auftauchte und von Norden heransteuernd wie ein Revolvergeschoss auf der Höhe der 93. bis 99. Stockwerke in den Nordturm raste. Die dabei ausgelöste riesige Detonation und Feuersbrunst, welche unmittelbar an die im Vietnamkrieg eingesetzten Napalmbomben erinnerten, sollten sich unauslöschlich in den Sinn Milliarden zuschauender Menschen einbrennen. So nicht anders in der Kanalstraße.

›O mein Gott! Lyke! Hast du das gesehen?!‹, schrie Reese, welche kurz zuvor aufgestanden war, um beim Fenster ihr Kostüm auf einen allfälligen Kaffeefleck zu untersuchen, außer sich. In einem spontanen Reflex hielt sie sich schützend die Hände vor den Mund, während ihre Augen ungläubig die monströsen Rauchballen an der Spitze des entzündeten Stahlturmes anstarrten.

›Was soll ich gesehen haben?‹

›Das! Da oben!‹, rief Reese, zeigte durch die Häuserlücke zum Horizont.

Unverwandt blickte Lyke vom Bildschirm auf, drehte den Kopf zu Reese und schaute gebannt durch die getönten Glasscheiben auf die Stelle, wo Reese aufgeregt hinzeigte. Sogleich sprang sie auf, hin zu Reese, und gleichsam entsetzt rief nun auch sie: ›Mein Gott! Was ist denn *das*? Das darf ja nicht wahr sein! Du, da oben ist was explodiert!‹

›Da ist soeben ein Flugzeug reingeknallt!‹

›Ein W-a-s?‹

›Ein Flugzeug, sah aus wie eine Verkehrsmaschine!‹

›Spinnst du?‹

›Nein, im Ernst!‹

›Bist du dir ganz sicher?‹

›Und ob! Ich habe ja gerade zugeschaut!‹, sagte Reese, zeigte abermals hinauf, wie um zu beweisen, dass sie nicht soeben Opfer einer Sinnestäuschung geworden war, sondern Augenzeugin eines komplett absurden Ereignisses. Immer noch ungläubig, sagte Lyke: ›Mensch! Das ist ja eine Wahnsinnsexplosion!‹

Bereits stürzten Mitarbeiter von der anderen Seite des Ganges in ihr Büroabteil herein, blieben für einen Augenblick wie angewurzelt sowie mit aufgerissenen Mündern angesichts des schaurigen Spektakels stehen. Mit Bierbauch und dicken Brillengläsern hereinwabbelnd, fragte Joe: ›Was ist denn da los, Leute?!‹ Seit jeher vermittelte seine ganze Erscheinung den Eindruck, dass ihn kein Ereignis dieser Welt jemals aus der Ruhe bringen könnte, nicht mal, wenn zehn Monsterkometen zeitgleich auf die Erde zurasten. In seiner geliebten Science-Fiction-Welt entsprach dies dem Alltag.

›Da ist soeben ein Flugzeug in den Nordturm geknallt!‹, rief Reese laut, fuchtelte mit zittrigen Händen. ›Ich hab's mit eigenen Augen gesehen! Ich konnte direkt zuschauen!‹

Judy, eine Latina anfangs Dreißig und erst kürzlich zum Team gestoßen, zog bereits eine erste Schlussfolgerung: ›Mensch, das ist ja furchtbar! Das muss ein schrecklicher Unfall sein!‹

›Bist du dir *ganz* sicher, dass es ein *Flugzeug* war?‹, fragte Joe höchst ungläubig, durchforschte Reese mit kritischem Blick. Woher nur hatten Frauen diesen Hang zum Übertreiben? ›Das einzige Mal, dass ein Flugzeug einen Wolkenkratzer gerammt hat, war 1945, als eine B-25 ins Weltreichgebäude knallte. Seither herrscht hier eine strikte Flugsperrzone.‹

Immer noch unter Schock stehend, stammelte Reese: ›Aber ja doch, wenn ich's sage! Vor meinen Augen, vor einer Minute!« Dann die grausige Erkenntnis: »Mein Gott, ich habe noch vor zwei Tagen mit einer Freundin da oben die Nacht durchgetanzt!‹ Wie zum Gebet hielt nun sie beide Hände vor ihren Mund, wagte kaum zu flüstern: ›Mein Gott! So etwas Schreckliches habe ich meinen Lebtag noch nie gesehen! Meint ihr, ist das wirklich echt?‹ Entgeistert blickte Lyke sie an. Ihre spontane Erwiderung in Holländisch entzog sich zwar Reeses Sprachvermögen, legte aber eine gewisse Verständnislosigkeit nahe.

Dass Wahrnehmung und Assoziation unterschiedlich auszufallen vermochten, stellte erneut Joe mit einer Äußerung unter Beweis, welche er beinahe mit einer gewissen Faszination anmerkte: ›Mann, fast wie in einem Schwarzenegger-Film!‹, und dabei die Augenbrauen wie zu tiefer Studie zusammenzog. Ob er wohl zu diesem Zeitpunkt realisierte, was Ungeheuerliches sich da oben in der Realität abspielte? Judys prompte Erwiderung ließ ihn nicht lange im Ungewissen: ›Nur mit dem kleinen, aber nicht unbedeutenden Unterschied, dass dies hier *echt* ist, mein Lieber!‹, tadelte sie ihn umgehend, verdrehte die Augen, um sich sogleich wieder dem unglaublichen Anblick zuzuwenden. ›Mein Gott! Ich glaub's einfach nicht!‹

Lange Weile, um sich vom Schreck zu erholen, blieb ihnen allerdings nicht beschieden. Lediglich siebzehn Minuten später, genau um 9:03 Uhr, Neu York Zeit, wurden ihre Spekulationen abrupt aufgestört, als sie wiederum dieses seltsame Zischgeräusch vernahmen, dann der dumpfe Einschlag diesmal von Süden her in den eben noch intakten Zwillingsturm. Sogleich gingen dessen Hochhausetagen zwischen dem 77. und 85. Stockwerk in ein schwarzoranges Flammeninferno auf. Beide Flüge, AA 11 und nunmehr auch UA 175, beide erst noch für Langstreckenflüge auf Flughäfen der amerikanischen Ostküste gestartet, kamen somit auf pervertierte Weise zu einem abrupten Ende. Ein perfekt ausgeführter Angriff! Fast wie im Chor schrien alle zeitgleich in Lykes kleinem Büro auf: ›Mein Gott!‹, ›O mein Gott! Nein!‹ Die Stimmen überschlugen sich: ›Das ist kein Unfall! Nein, das kann kein Zufall mehr sein!‹ ›Das ist ein Angriff! Angriff auf Amerika!‹ ›Das müssen Terroristen sein!‹ Jemand suchte intuitiv unter einem Pult Zuflucht, fest damit rechnend, dass nun jedes Gebäude jederzeit als Zielscheibe in Frage käme. Joe jetzt ganz klar: ›Wir werden angegriffen! Auf eigenem Grund und Boden!‹ Zumindest hatte da jemand seinen Blutdurst gestillt!

Unentwegt stieg nun von den brennenden Türmen dichter Qualm in den makellosen Himmel auf, vereinigte sich zu einer riesigen Rauchsäule, welche durch eine schwache Windlage in südwestliche Richtung abgetrieben wurde. Angst und Panik machte sich nun definitiv breit.

›Was machen wir denn jetzt?‹, fragte Reese verdattert, starrte, am ganzen Körper bebend, in die Runde.

›Fernseher einschalten! Umgehend Fernseher einschalten!‹, brüllte Joe gebieterisch. ‚Hey, warum schaltet denn niemand diese verdammten Kisten ein?!‹

Unmittelbar darauf flimmerten im geräumigen Büro nebenan erste Bilder über den Schirm, ihnen sowie dem Weltpublikum simultan das Grauen vorführend. Präzis-scharfe Zuschnitte zeigten ausdrucksstark, wie ein Flugobjekt seitlich auf die Türme des Welthandelszentrums zusteuerte und sich mit seinem massigen Metallkörper in den einen hineinbohrte, um gleich darauf mit unglaublich eindrücklichem Effekt zu explodieren. Andere Blickwinkel gaben den tiefen Anflug einer Verkehrsmaschine wieder, wie sie kurzerhand hinter den silberglänzenden Stahlsäulen verschwand, gleichwohl nach ihrem Einschlag ein riesiges Feuerinferno mit schwarzen Rauchballen auslösend. Von der Wucht der ungeheuren Bilder übermannt stand Reese da, wimmerte. Eine unmittelbare Hysterie hatte sie ergriffen, nachdem sie sich in groben Umrissen bewusst geworden war, was sich in diesen Schreckminuten ganz in der Nähe abgespielte. Unverzüglich trat Lyke an sie heran, nahm die blutjunge Kollegin in mütterliche Obhut. ›Komm, Reese! Keine Angst, uns wird schon nichts geschehen! Beruhig dich wieder!‹, sprach sie beharrlich auf sie ein, wenngleich lange Zeit scheinbar ohne Erfolg.

›Das ist ein Angriff, Lyke, wir werden überall angegriffen. Mein Gott! Wer tut so etwas Schreckliches! Wir werden alle sterben!‹

›Nein, werden wir nicht‹, sagte Lyke, wiegte Reese ein wenig.

›Doch, wir werden alle sterben, verbrennen, wie die da oben!‹

Der anfänglichen Ratlosigkeit wich eine wachsende Gewissheit, dass sich nicht etwa ein schrecklicher Unfall vor ihnen Augen ereignet hatte, sondern ein Terrorangriff, eine sorgfältig wie schlau-verdeckt ausgebrütete Aktion. Die lange Hand des Bösen reichte bis weit über den Ozean, bis nach Amerika. Dieses Mal schlug diese auf besonders grausame Art und Weise zu, da nicht primär militärische Ziele und Objekte – abgesehen vom Pentagon, das fünfeckige Gebäude des US-amerikanischen Verteidigungsministeriums in Arlington, Virginien – im Fadenkreuz standen, sondern bewusst Zivilpersonen getroffen werden sollten.

Surreal, wie wenn Außerirdische in ihrer Übermächtigkeit zum Angriff auf die Menschheit bliesen, dabei die großen Zentren menschlicher Zivilisation als erstes ins Visier nahmen, um diese auszulöschen, ging es zeitgleich in den Straßenzügen von Südmanhattan zu und her. Allerorten blieben Fahrzeuge sowie überraschte Menschen stehen, starr vor Schreck, bündelten ihren mit teils Todesfurcht erfüllten Blick auf die brennenden Symbole einer Welt, welche doch als gesichert galten und nun heillos in Flammen standen. Binnen Minuten versank diese in eine pharaonische Düsterheit, ein Chaos, während für eine kurze Weile nur noch Autoradios die gespenstige Ruhe unterbrachen.

Nervös in ihrer Handtasche kramend, sagte Judy mehr zu sich selbst: ›Ich muss meine Mama anrufen. Sie passt auf meine Kinder auf. Wo steckt denn dieses Mobiltelefon?!‹

›Da liegt es doch, auf dem Pult‹, rief Joe, der selbst bereits am Draht hing, um seine Freundin in Neu Jersey anzurufen und sie zu versichern, dass bei ihm trotz der schrecklichen Fernsehbilder alles in Ordnung wäre. Wer es nicht längst getan hatte, griff spätestens jetzt zum Fernsprecher. Auch Lyke hatte inzwischen Michaels Nummer angewählt. Der war jedoch trotz mehrmaliger Versuche nicht erreichbar, da vermutlich im Wandergebiet kein Netzempfang vorhanden war, so versuchte sie es zunächst bei Amber. ›Ja, Amber, alles in Ordnung bei mir!‹, sprach sie mit leicht zittriger Stimme ins Telefonmikrofon, ›wir sind hier im Büro, und sicher, bilde ich mir zumindest ein! Meine Güte, das glaubst du ja nicht, wie das da oben aussieht, absolut schrecklich! Ach, du siehst auch CNN?! Großmutter in Amsterdam? Habe ich schon probiert, aber die Leitungen nach Übersee funktionieren derzeit nicht. Papa erreiche ich auch nicht; der ist doch heute mit einem Kollegen in die Katerbachberge. Ja, natürlich gebe ich auf mich Acht, keine Sorge! Ja, ich liebe dich auch!‹

Kaum hatte sie aufgehängt, schrie Reese vor dem Fernseher auf, ›mein Gott! Was ist denn das? Schaut doch!‹ Sogleich rannte sie zur Glasfront zurück, wie um sich zu vergewissern oder vielmehr in der Hoffnung, dass sie lediglich Opfer einer schrecklichen Sinnestäuschung geworden war.

›Was? Was meinst du denn jetzt, Reese?‹, fragte Lyke.

›Da! Ganz oben! Lyke, schau nur, mein Gott!‹

›Was ist denn da oben?‹

›Da springen Leute raus! Aus dem Fenster! Mein Gott, nein!‹ Und in der Tat, obgleich der direkte Blick von Lykes Büro aus dies nicht bestätigte, da zu weit entfernt, ließen zahlreiche Nahaufnahmen der Fernsehbilder auf CNN erkennen: hochdramatische Szenen, die kaum größere Seelennot offenbaren könnten, geschweige denn auszuhalten waren! Menschen, die sich teils von außen an aufgebrochenen Fenstern festhielten, im Wissen, dass es nur eine Frage der Zeit wäre bis die Kraft oder die Hoffnung versagte und sie losließen, um Erlösung zu finden. ›Lyke, die springen in den TOD!‹

›Mein Gott! Diese armen Leute!‹, entfuhr es Lyke tief betroffen.

Letztlich überwältigt von der Ungeheuerlichkeit der Bilder sank nun Reese in die Knie, drohte gleich vornüberzukippen. Zum Glück bei Sinnen sprang Joe geistesgegenwärtig herzu, fing die junge Mitarbeiterin in seinen Armen auf, ehe sie noch irgendwo unglücklich aufschlug. ›F ...! Das wird ja zusehends deftiger!‹, rief er sichtlich erregt.

Nahe am Atemstillstand, meinte Judy: ›Kann man die denn da nicht irgendwie rausholen? Da sollte man doch was unternehmen können! Haben denn die keine Hubschrauber oder so was?‹

›Ich weiß auch nicht‹, fabulierte Joe vor sich her, ›wird nicht einfach sein, da oben hinzukommen. Da brennt und qualmt ja alles lichterloh.‹

›Aber die können doch nicht einfach da oben bleiben! Die muss man doch retten! Stell dir vor, wie fürchterlich heiß das da oben sein muss!‹

›Ich fürchte, Judy‹, meinte nun Joe auf eine seltsame Weise ernüchtert und sich Schweißperlen von der Stirn wischend, ›die haben gar keine andere Wahl: entweder verbrennen, ersticken oder der Sprung in den Abgrund!‹

Diese Worte waren wohl des Guten zu viel für Reese, welche sich mit beiden Händen die Ohren zuhielt, Augen fest verschlossen: ›Mein Gott, hör auf so zu reden, Joe! Ich ertrag das nicht! Ich halte das nicht mehr aus! Das ist doch kein Computerspiel!‹

›Sag‹ ich ja auch nicht, ich sag‹ nur, was ich sehe! Ich kann ja auch nichts dafür.‹

Des unfassbaren Schreckens sollte jedoch noch nicht genug sein. Um 9:37 Uhr jagte die nächste Hiobsbotschaft über den Monitor, als sie die Nachricht ereilte, dass ein drittes Passagierflugzeug entführt worden sei und vom Piloten der Selbstmordattentäterschaft im Pentagon zum Absturz gebracht worden war, was in der Folge eine breite Bresche der Zerstörung in den verschachtelten Gebäudekomplex schlug. Judy erneut geschockt: ›Mein Gott! Die lassen aber auch gar nichts aus! Jetzt zielen sie sogar auf unser Verteidigungsministerium!‹

›Das ist ganz klar Krieg! Ein Überfall wie in Pearl Harbour!‹, rief Joe, der sich mit Kriegsspielen aller Art bestens auskannte. ›Der gleiche Überraschungseffekt!‹

Judy, welche in ihr zwischenzeitlich wiedergefundenes Telefon Worte auf Spanisch sprach, fragte rhetorisch: ›Was kommt wohl noch alles auf uns zu? Das nimmt ja von Minute zu Minute Ausmaße an!‹

›Ich weiß nicht, Judy!‹, erwiderte Lyke, wendete ihren Blick vom Fernsehschirm wieder Reese zu, ›ich glaube, wir stellen uns besser auf alles ein!‹

Wohlgetan! Denn um 9:59 Uhr, genau 56 Minuten nach dem Einschlag in den 415 Meter hohen Südturm überschlugen sich die dramatischen Ereignisse, nahm in unentwegt sich steigernder Bangnis der Horror seinen unerbittlichen Fortgang. In makabrer Weise übertrafen sie sämtliche nur denkbaren Szenarios. Zum Zeitpunkt des Ersteinschlags in den zwei Metern höheren Nordturm zunächst noch von einem fürchterlichen Unfall ausgehend, wurden die Menschen im Südturm durch interne Lautsprecheranlagen aufgefordert, Ruhe zu bewahren und ihren Arbeitsplatz nicht zu verlassen. Als jedoch auch sie zur Zielscheibe umfunktioniert wurden und sich Hunderte von Menschen oberhalb der Einschussstellen plötzlich gefangen und jeglicher Fluchtmöglichkeiten beraubt sahen, ging man zur umgehenden Evakuierung über. Jetzt wusste man, was es geschlagen hatte! Bereits hatte die Neu Yorker Polizei mittlerweile das umliegende Gebiet weiträumig abgesperrt, um dem Verbund der unterschiedlichen Feuerwehr-, Sanitäts- wie Rettungskräfte ihre Lösch- und Bergungsarbeiten zu erleichtern sowie Leute daran zu hindern, sich in die Gefahrenzone zu begeben. Obgleich mit eventuellen Teileinstürzen der Stahlkonstruktion gerechnet wurde, so erwies sich das Nächstfolgende als gänzlich jenseits aller vorstellbaren Befürchtungen.

›Mein Gott! Was geschieht denn jetzt?!‹, rief dieses Mal Judy vollkehlig, dann mit beiden Händen ihren Mund zusperrend.

›Was denn?‹

›Der Turm stürzt ein! Der Südturm! Schaut doch nur!‹

›Was?!‹

›Was stürzt ein?‹

›Mein Gott! Das kann doch nicht wahr sein! Das gibt es nicht!‹

Und doch war es so, handelte es sich um *keine* Fata Morgana, so sehr sie sich dies in diesem Moment wünschten. An diesem verfluchten Tag erwies sich zusehends alles als möglich, sogar das Hirnverbrannteste! Denn begleitet von einem knirschenden Getöse wurden sie in Lykes kleinem

Büro Augenzeugen davon, wie das nächste Unfassbare geschah. Urplötzlich und wider Erwarten sackte mit knochenbrechendem Gepolter der Südturm in sich zusammen, stürzten Abertausende Tonnen schweren Materials wie bei einer gezielten Hochhaussprengung in die abgründige Tiefe, zehn Stockwerke pro Sekunde.

Was dann in unmittelbarer Umgebung der Türme einsetzte, nahezu zeitgleich, war ein Exodus der besonderen Art. Angetrieben von heilloser Furcht vor herabfallenden Trümmerteilen sowie der gigantischen weißen Staubwolke, welche beim Einsturz aufgewirbelt wurde, bewegte sich ein unaufhörlicher Strom von aschebedeckter Menschen Richtung Norden oder über eine der Brücken in andere Stadtteile. Raus aus der inoffiziellen Kriegszone, raus aus dem zusehends havarierten Stadtteil und Lebensader Neu Yorks, raus in sicherere Gefilde, am liebsten nach Hause.

›Schnell raus! Weg hier!‹, brüllte nun John, der Abteilungsleiter aus dem oberen Stock, der von Abteil zu Abteil rannte, um die Leute wegzuschicken. ›Geht unverzüglich nach Hause! Bringt euch in Sicherheit! Hier wird's von Minute zu Minute ungemütlicher!‹ Wahrscheinlich wurde dem Aufruf eines Vorgesetzten noch nie so gerne wie widerspruchslos Folge geleistet wie derzeitig. Lyke zögerte jedenfalls keine Sekunde. Allen Unbill zum Trotz zu Geistesgegenwärtigkeit fähig, schnappte sie sich ihre Tasche mit den wichtigsten Habseligkeiten wie Ausweisen, Geldbeutel sowie Mobiltelefon drin, zog Reese erst am Ärmel, schob sie dann vor sich her. ›Komm, wir müssen jetzt schleunigst weg hier, Reese! Komm mit mir! Joe, kümmerst du dich um Judy?‹

›Ja, klar, bring sie nach Hause.‹

›Sobald wir in Sicherheit sind, ruf ich an. Kann ich dich auf dem Mobiltelefon erreichen?‹

›Allezeit, falls es funktioniert.‹

›Viel Glück!‹

›Danke gleichfalls!‹, meinte Lyke mit todernster Miene.

Mit Reese halb benommen, mehr stolpernd, stiegen die beiden Frauen das kahle Treppenhaus hinab, vermieden den Fahrstuhl. Was sie als erstes gewahrten, als sie auf die Kanalstraße hinaustraten, waren die Menschenmassen, welche wie nach einem Vulkanausbruch im flockigen Ascheregen sowie auf den mit Trümmerteilen übersäten Boden an ihnen vorbeiströmten. Menschen, auf der Flucht, im Rennen ums eigene Leben, welches nun so abrupt wie unerwartet gefährdet zu sein schien. Binnen kürzester Zeit hatte das Leben eine gänzlich unvorhersehbare Wendung genommen, fanden sie sich in einer Situation wieder, welche heute Morgen bei Frühstücksei und Toast wohl kaum nur im Ansatz denkbar gewesen wäre. Solch schlimme Dinge geschahen doch im fernen Ausland, in Kriegs- und Katastrophengebieten, jedoch nicht zu Hause! Und dennoch stand man nun mit einem Mal mittendrin, und war das Ende, der Ausgang, noch lange nicht absehbar.

Überall begegnete ihnen das gleiche Bild: Da hockten Männer wie Frauen, Alte wie Junge, jeglicher Hautfarbe und sozialer Schicht, sei es in teuren Armani-Anzügen oder saloppen Sportsklamotten, konsterniert, auf Sitzbänken oder auf Gehsteigen, an Hauswände oder Parkgitter gelehnt, fast wie Straßenkomödianten gänzlich weißgepudert, wegen der Unmenge freigesetzten Feinstaubs hustend und prustend, teils blutüberströmt, aber insgesamt heilfroh, dem Unglück und damit dem Tod haarscharf oder in letzter Sekunde entronnen zu sein. Rettungskräfte sowie Sanitäter waren dabei, verletzte Menschen auf Bahren in Krankenautos zu hieven, die anschließend mit Blaulicht und Sirene ihren Weg durch die gespenstisch vernebelten Straßenschluchten von Südmanhattan bahnten. Wildfremde Menschen halfen sich gegenseitig, trugen andere auf ihren Armen, kümmerten sich spontan wie herzlich um andere, spendeten mitunter Trost soweit dies möglich war. Unmittelbar gebar die Not ein nahezu unbekanntes Gefühl von Zusammengehörigkeit, der Solidarität untereinander, eine Grundstimmung, welche noch lange danach die Menschen in der Stadt beseelen sollte. Das Klischee der anonymen Großstadt, der letztlich gnadenlosen Konkurrenzschaft, wurde für kurze Zeit außer Kraft gesetzt und durch primäre Mitmenschlichkeit ersetzt.

Von Leuten, die kleine Radiosender auf sich trugen und auf der Suche nach Information fortwährend mit einem Ohr lauschten, erfuhren sie, dass eine vierte zivile Verkehrsmaschine, Flug UA 93, bei Schankstadt, 97

Kilometer südöstlich von Pittsburg in Pennsylvanien, um genau 10:03 Uhr von einer weiteren Terrorzelle zum Absturz gebracht worden war, ohne jedoch ein bestimmtes Ziel erreicht zu haben. Spätere Mutmaßungen legten nahe, dass als operative Ziele allenfalls das Weiße Haus, das Kapitol oder Camp David in Frage gekommen wären. Überdies machten Gerüchte die Runde, dass es zwischen Entführern und beherzten Passagieren womöglich zu Kampfhandlungen gekommen war, da letztere nicht tatenlos zusehen wollten, wie sie auf pervertierte Weise als Vernichtungswaffe und unfreiwillig Todgeweihte missbraucht würden.

Daraufhin meinte Lyke umgehend: ›Da ist bestimmt was schief gelaufen. Ich meine, die Entführer wollten doch was anderes treffen, stattdessen sind die da einfach irgendwo in den Boden gerammt.‹

›Mein Gott, die armen Menschen an Bord!‹, entgegnete Reese spontan darauf. ›Stell dir nur mal die bangen Minuten darin vor, bis zum Absturz!‹

›Ja, unvorstellbar! Ich weiß nicht, inwieweit sie über die Vorgänge hier Bescheid gewusst haben, aber so etwas muss der blanke Horror sein!‹

Um 10:28 Uhr trat der hiesige Horror und Terror in seine vorläufig letzte signifikante Phase. Diesmal nicht mehr gänzlich überraschend, sondern vielmehr in furchtvoller Erwartung der Dinge, die noch über sie kommen sollten. In einer schauerlichen Folgelogik ging erneut dieses knatternde Hinunterbrettern los, als das von den mörderischen Temperaturen arg in Mitleidenschaft gezogene Tragwerk des Nordturms unter der erdrückenden Eigenlast letztlich nachgab. Rund 90 Kubikmeter Treibstoff der nahezu vollständig gefüllten Tanks beider in Angriffswaffen umfunktionierten Flugzeuge, bewirkten in den Wolkenkratzern eine zusätzliche Brandbeschleunigung, trugen folglich maßgeblich zu deren rasch anwachsenden Instabilität bei.

Unverwandt drehten sich Lyke und Reese um, als wieder dieses Prasseln, Rasseln und Sausen hinter ihnen losging. Wiederum mit Schock und in gar merkwürdiger Ehrfurcht starrten sie auf den sich rasch weitenden Himmel, dorthin, wo das Monument der Postmoderne, einstmals vom japanisch-amerikanischen Architekten Minoru Yamasaki entworfen und nach siebenjährigen Bauzeit 1973 offiziell eingeweiht, kollabierte; Stockwerk um Stockwerk, in rasendem Tempo, die Welt mit all ihren Verheißungen darin mit sich ins Verderben reißend.

›Nein, ich glaub's einfach nicht!‹, flüsterte Lyke unvermittelt, blickte Reese kurz an. ›Das kann doch einfach nicht wahr sein! Unsere schönen Wahrzeichen, nun beide dahin!‹ Dabei war der Anblick doch immer so schön, wenn die Silbertürme nachts leuchteten, oder goldig im Abendlicht glänzten, dachte sie.

Reese, in ihrer Übererregung mit eine Mal zu einer erstaunlich rationellen Aussage fähig, folgerte: ›Gottseidank fallen die Türme nicht auf die Seite! Da kämen noch viel mehr Leute zu Schaden!‹ Irritiert guckte Lyke sie einen Augenblick an, zog sie dann am Ärmel, ›komm, Reese, jetzt aber weiter!‹

Was folgte, war im Grunde eine sinnlose, weil verspätete Flucht vor der zügig herannahenden Staubwolke, die der zweite Einsturz gleichsam auslöste. Geistesgegenwärtig forderte Lyke Reese auf, herrschte sie beinahe an: ›Komm, schnell, da rein!‹, zerrte sie dann in ein Frisörgeschäft. Dann, kurz darauf, Nase platt an die Scheibe gedrückt, gewahrten sie, nebst einer weiteren Schar Geflüchteter, wie der Schatten des Unheils über sie kam, unaufhaltsam seine Bahn durch die Straßenschluchten zog. Es blieb ihnen nichts anderes übrig, als die Katastrophe ihren Lauf nehmen zu lassen, sich dabei noch kleiner zu fühlen als eines dieser Staubkörner, welche sie zu Aberbilliarden vor sich her wirbelte.

Das vordem ausgedehnte Himmelsblau über Manhattan hatte sich in zeitweilig dusteres Schwefelgelb umgewandelt, die Tageshelle in ein Nachtgewölbe. Nach dem Monsterlärm trat nun eine Phase der Totenstille im einstigen Epizentrum der Metropolis ein, welche in einem Nu in eine Nekropolis, ein riesiges Gräberfeld, umgewandelt worden war. Auf dem unmittelbaren Gebiet der Einsturzstelle brannten große Feuer, schwelten Glutherde noch tagelang in ihrem aushauchenden Atem, weitere Gebäude des WHZs kohlten aus, stürzten zusammen. Übler Gestank setzte sich allenthalben auch in unversehrten Teilen der Stadt frei.

In etwa ein solches Bild mussten Nagasaki und Hiroshima abgegeben haben, nachdem am 6., respektive, 9. August 1945 durch US-amerikanische Atombomben, im Sinne einer schauerlichen Weltpremiere, auf japanischem Grund und Boden dem Planeten vordemonstriert wurde, wozu mittlerweile der moderne Mensch des zwanzigsten Jahrhunderts fähig geworden war. Sinnigerweise und 1943 mit britischer Beteiligung als Manhattan-Projekt ins Leben gerufen, wurde unter der Leitung von Robert Oppenheimer, einem US-Physiker deutsch-jüdischer Abstammung mit Familienwurzeln im westdeutschen Hanau, mit Hochdruck an der Entwicklung der ersten Nuklearwaffe in der Geschichte der Menschheit gearbeitet. Das erste kriegstaugliche Modell, Dreieinigkeit genannt, führte zur Fertigstellung weiterer Atombomben, die folglich in den Bombenabwürfen des Hochsommers 1945 92 000 westjapanischen Zivilpersonen unmittelbar sowie aufgrund gesundheitlicher Folgeschäden bis Jahresende weiteren 130 000 Menschen das Leben kostete. Und es war beileibe kein schöner Tod, den diese Menschen da zu sterben gezwungen wurden.

Das uralte militärstrategische Instrumentarium der *Einschüchterung mit größtmöglicher psychologischer Wirkung und minimalster eigener Verluste* sollte das Ende des Zweiten Weltkrieges mittels einer nuklear verursachten Demoralisierung japanischen Kampfgeistes beschleunigen und gleichzeitig möglichst vielen Alliiertenstreitkräften das Leben retten. Die Menschen, die am 11. September 2001 im Südteil Manhattans zufällig zugegen waren sowie die Milliarden TV-Zuschauer sollten nunmehr gleichsam Zeugen dieser altbewährten Kriegstaktik werden, eines andersartigen ›Manhattan-Projekts‹, für einmal von einer gegnerischen Seite ausgeführt. Spätere Aussagen und Definitionen der Angriffe wie Wendepunkt oder historische Zäsur bezeugten eindrücklich die Wirksamkeit wie den zweifelhaften Erfolg dieser Vorgehensweise. Wie immerzu bei Kriegstaktiken oder hier Terrorpraktiken spielte menschliches Leid eine untergeordnete Rolle.

Allerorten nahmen Rettungseinsätze vielmehr improvisiert als koordiniert ihren Dienst wieder auf, und dies unter Berücksichtigung massiv erschwerter Umstände. Denn die Befehls- und Infrastrukturen der Hafenbehörde der Stadt Neu York – der früheren Hausbesitzerin des WHZ und eine Art zwischenstaatliche Einrichtung mit internen Polizei-

und Rettungseinheiten –, sowie diejenige des FDNY wurden durch die Einstürze weitgehend zerstört und mussten erst wieder neu hergerichtet werden.

Ψ Ψ Ψ

›Was machen wir denn jetzt?‹, fragte Reese unschlüssig hinter der Glasscheibe, welche von einer dicken Staubschicht überzogen worden war. Auf seltsame Weise fühlte sie sich wie die Maus in der Falle. Lyke, nicht minder ratlos, guckte sich im Frisörladen um, als ob sie etwas abklären wollte, sagte dann mit bestimmtem Ton: ›Ich weiß auch nicht genau, aber ich schlage vor, wir warten erst mal ab und später, wenn sich der Staub verzogen hat, machen wir uns am besten Richtung Zentralpark auf. Allenfalls fahren von dort wieder Busse oder wir können ein Taxi organisieren.‹

›Oder die U-Bahn nehmen‹, sagte Reese, was unverzüglich bei Lyke ein Schmunzeln hervorrief.

›Meinst du, die fährt?‹, fragte Lyke.

›Weiß nicht. Warum nicht? Ich will nach Hause.‹

›Na, ich könnte mir vorstellen, dass das System derzeit blockiert ist‹, erwiderte Lyke. Trotz eigener Beklemmung und Verunsicherung, wie am besten vorzugehen wäre, wäre es vermutlich klug und weise, wenn sie weiterhin die Führung übernähme, Reese ein Gefühl der Sicherheit vermittelte. ›Mach dir keine allzu großen Sorgen, Reese. Ich denke, das Schlimmste haben wir hinter uns! Mit jedem Schritt, mit dem wir hier wegkommen, nähern wir uns wieder der Normalität.‹

›Meinst du?‹

›Absolut.‹

Unvermittelt blieb Reese nun stehen, blickte geschockt zu Lyke: ›Aber ich habe meine Handtasche im Büro liegen lassen! Da ist noch alles drin!‹

›Halb so wild! Die läuft schon nicht weg.‹

›Aber ohne Hausschlüssel komme ich wohl kaum in die Wohnung rein.‹

›Glaub mir, dafür wird sich eine Lösung finden lassen‹, erwiderte Lyke in gespielter Gelassenheit. ›Und sonst musst du halt für einmal in die eigene Wohnung einbrechen.‹ Unmittelbar gelang es ihr, Reese ein verzagtes Lächeln zu entlocken. ›Na, siehst du, ist ja alles halb so schlimm jetzt, nicht?‹

›Ja, schon‹, gestand ihr Reese zu, ›aber ich hätte doch besser die Ballerina angezogen, heute Morgen, mit diesen hochstaksigen Dingern an meinen Füßen, komme ich kaum vorwärts.‹

›Im Nachhinein ist man immer klüger.‹

›Diesen Tag werde ich nie mehr vergessen, Lyke!‹

›Kaum möglich‹, erwiderte Lyke nachdenklich. ›Und unsere Träume wie Illusionen können wir auch gleich mitbegraben.‹

›Welche Träume und Illusionen meinst du denn?‹

›Ja, die von der *Neuen Weltordnung*.‹

›Wie kommst du denn jetzt *darauf*?‹

›Ich weiß auch nicht, das kommt mir jetzt einfach so spontan in den Sinn, wenn ich das ganze Chaos hier anschaue‹, sagte Lyke, wagte einen Blick zurück. Es bot sich ihr immer noch das gleiche Bild, alles wie unter einer großen Staubglocke eingenebelt, verschwommene Umrisse, zig Millionen Fetzchen, wie nach einem Wüstensturm. Sie selbst gaben das Bild zweier gepuderter Gespenster ab, welche soeben einem Horrorfilm entstiegen waren.

›Nun ja‹, meinte Reese etwas entspannter, wenngleich fahl im Gesicht und staubbedeckt, ›Hauptsache, ich komme bald nach Hause. Alles andere ist mir schnuppe!‹

›Komm, da vorne steht ein Taxi!‹, rief Lyke freudig überrascht und winkte diesem mit der Hand zu. Es war zugegebenermaßen nicht der richtige Zeitpunkt für Diskussionen über übergeordnete Zusammenhänge aus dem Weltgeschehen, zumal ihre junge Kollegin durcheinander schien. ›Wenn wir Glück haben, ist noch eins frei.‹

›Würde an ein Wunder grenzen.‹

›Zuweilen geschehen noch Zeichen und Wunder. Warum nicht jetzt?‹ Wenigstens ein kleines Wunder, schob Lyke verzagt in Gedanken nach. Obgleich ihre Mini-Hoffnung gleich einer Enttäuschung Platz machen musste, so stapften und staksten sie unverdrossen weiter, erreichten den

Zentralpark, wo junge Leute auf dem Rasen Frisbee spielten, als ob nichts vorgefallen wäre.

Beim Anblick dieser Unbedarftheit rief Reese spontan wie ungläubig: ›Ich glaub‹, mich laust eine Horde Affen! Siehst du auch, was ich sehe?!‹

Nicht minder irritiert schüttelte Lyke den Kopf, raunte: ›Hm, schon etwas seltsam. Haben die denn nicht mitgekriegt, was da unten los ist?‹

›Und schau mal dort drüben, Lyke, die knabbern in aller Seelenruhe an ihrem Brötchen und trinken Cappuccino! Hey, da unten geht die Welt unter, und die hängen hier rum, als wäre alles in bester Ordnung!‹

›Haben halt Hunger. Wenn ich ehrlich bin, verspüre ich auch so etwas in der Magengegend, obwohl ich überhaupt keinen Appetit habe. Den hat es mir gründlich verschlagen.‹

›Ich kann jetzt nicht an Essen denken. Ich brauche dringend was zum Rauchen!‹, sagte Reese, zog sich den rechten Schuh aus und rieb sich die Ferse. ›Hast du zufällig was in deiner Tasche?‹

Unmittelbar griff Lyke nach ihrer Handtasche, zippte sie auf und klaubte darin. ›Wenn ich Glück habe, ist ein Päckchen drin, eben noch heute Morgen am Kiosk gekauft.‹ Während sich Reese auf eine Bank in der Nähe setzte, förderte Lyke das Objekt der Begierde hervor, mitsamt Feuerzeug. ›Na, siehst du, wer sucht, der findet! Ehrlich gesagt, muss ich mir jetzt auch eine reinziehen!‹ Leicht nervös zerrte sie zwei Exemplare heraus, reichte Reese eins. Bald darauf glommen die Stängel auf, ließen Rauch aufsteigen. ›Gott, tut das gut!‹, sagte Lyke aushauchend. ›War eine gute Idee!‹

Während sie sich diese kurze Rauchpause gönnten, donnerte über ihren Häuptern eine Reihe Kampfjets vorbei, einen riesigen Lärm verursachend. Unvermittelt zuckte Reese zusammen. ›Na, die brauchen wir jetzt auch nicht mehr!‹, meinte sie dann etwas verärgert, ›kommen, wenn alles vorbei ist.‹

›Mach denen keinen Vorwurf, Reese! Wer von uns hätte heute Morgen nur *geahnt*, was heute hier abgehen würde!‹

›Dennoch.‹

Irgendwann zwängten sie sich, wenn auch widerwillig, in einen der hoffnungslos überfüllten Busse, kamen irgendwie nach Hause. Als Lyke dann endlich Haustür und Katastrophe hinter sich schließen konnte, stützte sie sich erst mal auf die Dielenkommode ab, auf welcher Post lagerte, schloss für einen Augenblick die brennenden Augen, als wären sie immer noch voll von diesem beißenden Rauch. Unmittelbar schöpfte sie tief Atem, genoss den umfassenden Frieden ihrer vier Wände. Unglaublich, schoss es ihr dann durch den Kopf, denn das Bewusstsein setzte sich allmählich durch, dass *sie*, Lyke Sanders, heute nach Hause, nach Nyak, zurückkehrte, zurückkehren *durfte*, um genau zu sein! An wie vielen Orten war dies heute Abend nicht der Fall, offenbarte sich die Tragödie in ihrem vollen Ausmaß? Kam der Papa, die Mama, die Schwester, der Bruder, ein Kind oder wer auch immer nicht mehr zu Tür herein, weil er oder sie an diesem Tag umgekommen sind?

Einem Tag, jenseits aller Vorstellungen!

11. September 2001: 1000 Uhr, Hintern und Ellbogen voraus!

So wie sich das unheimlich Rattern und Rasseln urplötzlich aufgebaut und mit einem Wahnsinnslärm wie durch sie hindurchgerast war, so entfernte es sich wieder, abwärts, wie sie glaubten, verlor sich selbst irgendwann wieder. So ganz mit Bestimmtheit ließ sich dies in diesem kapselähnlichen Zustand nicht sagen. Nur eins war klar: Da war soeben das ganz monströse Programm abgelaufen! Nur was?! Was um Gottes Willen mochte das gewesen sein? Noch ein Flugzeug? Ja, das wird es wahrscheinlich gewesen sein. Aber wo?

»Thomas?«, hauchte mit heißem Atem Bobs Stimme, »bist du das?« In der vorherrschenden Dunkelheit war beim besten Willen nichts auszumachen. Schweiß war förmlich zu riechen, Perltropfen einer Urangst, welche einen Menschen ergriff, der soeben die Schwelle zum Abgrund überschritten hatte, der Punkt ohne Rückkehr. Was derzeit in diesem Welthandelsturm ablief, war jenseits aller menschlichen Vorstellungen. Und alles ausgelöst durch den Amoklauf fanatischen Irrsinns. »Ja, Bob, klar bin ich es«, kam relativ zügig die Antwort, »aber jetzt tret‹ mir bitte nicht länger auf den Füssen rum.« Allmählich kam wieder Leben in die eingepferchte Truppe irgendwo in einem Aufzugsschacht zwischen Stock 14 und 45. Für einen Schockmoment lang herrschte Totenstille, jedermann in Furcht auf das Unausweichliche harrend. Thomas, der irgendetwas herumklaubte, sagte dann: »Kann denn nicht einer mal Licht machen?!« Die Hitze wurde unerträglich. Überraschend schnell wurde seinem Wunsch oder vielmehr Befehl stattgegeben, blendete ihn Kevin

Hendersens Taschenlampe mit gleißendem Licht. Aaahh, stöhnte er auf, drehte den Kopf rasch ab. Schon gut, meinte er, dann, »wir leben noch! Hurra.« Klang furchtbar überzeugend.

»Ich dachte schon, uns gibt's gleich nicht mehr«, sagte Scott Belsen, aufatmend, »das war's dann wohl.«

»Oder doch nicht«, ergänzte Bob, sichtlich nervös. Wenn es etwas gab, was er gar nicht mochte, dann war dies absolute Finsternis. »Kriegen wir Außenkontakt?« Die Frage war überflüssig, denn Thomas fingerte bereits am Funkgerät herum, versuchte Kontakt mit der improvisierten Kommandozentrale unten in der Eingangshalle oder mit dem Netz des Departements herzustellen. Lautes Scherbeln und Rauschen deutete an, dass der Funkverkehr gestört war. »Nichts zu machen derzeit. Schrottdinger!«, sagte Thomas dann enttäuscht wie verärgert. »Wir müssen schauen, wie wir möglichst schnell hier rauskommen, wird langsam ungemütlich. Wo sind die Brecheisen? Vielleicht können wir hier aussteigen.«

Unmittelbar kam Bewegung in die Truppe, hantierte jeder so gut es ging an seinem Werkzeug herum, als plötzlich ein Ruck den Aufzug erfasste. Bereits zuckte alles zusammen, im Schrecken, dass die Fahrt weiterginge, aber nicht im gewünschten Sinne, sondern vielmehr eines verzögerten Absturzes. Mitunter hing ihr aller Leben an einem hauchdünnen Metallfaden, welcher durch ihre Bewegungen endgültig zu reißen drohte. Ja, die Phantasie spielte in solchen Extremsituationen alle verrückten Szenarien durch. In Blitzesschnelle. Doch, es sollte nicht so kommen. Der Aufzug funktionierte ordnungsgemäß, sogar das Licht zündete an. »Was ist denn jetzt los?«, fragte Bob, aber unendlich erleichtert. »Scheint ja wieder völlig normal zu funktionieren! Ich glaube, ich fang jetzt dann gleich an zu spinnen!« Fragende Blicke machten die Runde, blieben seltsamerweise alle an Christopher Palazzo hängen. Der machte den Eindruck, als ob er im Flagranti ertappt worden wäre, etwas Fürchterliches angestellt hätte. Mit Unschuldsmiene zuckte der mit den Achseln, sagte: »Ich habe nur auf den Knopf gedrückt. Da!«, und zeigte auf die Schaltbedienung des Aufzugs.

»Ach, Gott, Chris!«, kam nun schallendes Gelächter von allen Seiten; dankendes Schulterklopfen war ihm hundertfach gewiss. »Teufelskerl«, meinte Bob, »kommst auf die einfachste Lösung!« »Den Knopf drücken«, ergänzte Thomas, schlug sich selbstbestrafend an die Stirn, »verrückt! Leute, der drückt einfach den Knopf! Genial!«

Irgendwie war die Situation absurd. Da schlug das Leben verrückte Haken mit ihnen, während weit oben die absolute Katastrophe ablief. Allzu lange waren sie nicht dazu verknurrt in der Ungewissheit zu leben. Kaum waren sie auf dem 45. Stock angekommen, die Aufzugtüren sich geöffnet, starrten sie aufgeschreckte Augenpaare an, von kleinen, großen sowie dünnen und beleibten Menschen aller Couleurs. Bob, total übermüdet, eigentlich, schoss mit der Frage hervor: »Leute, was war das soeben?!«, und kriegte gleich DIE Antwort.

»Der Südturm ist eingestürzt!!!«

Wenn Ratlosigkeit und Unglauben gemeinsam in materialisierter Form auftreten müssten, gäbe es jetzt kein besseres Bild als die Antlitze der Feuerwehrmänner in ihren Uniformen und der Ausrüstung in Händen. Die geretteten Retter.

»Der Südturm ist was …?!«, rief Bob, blickte in Sekundenschnelle linker- und rechterhand, vergewisserte sich, ob er da soeben Opfer einer Hörtäuschung geworden war. »Der ist was?!« »Eingestürzt!«, erwiderte ein großwüchsiger bleicher Herr in noblem Stoff und Hornbrille, trocken. Noch stärker konnte der Farbenkontrast zwischen dem schwarzen Brillengestell und seiner Hautfarbe nicht ausfallen, wenngleich der Herr mit oberbraver Mittelscheitel ohnehin nicht viel Sonne abzukriegen schien. Aber als Überbringer des Unglaublichen passte es alleweil.

»Sie verar … Sie erlauben sich wohl einen makabren Scherz!«, entfuhr es Bob, der als Dienstältester in dieser Situation die Rolle des Vorsprechers übernahm, beinahe verärgert. Thomas und Frank Giberson hingegen waren da eher der tatkräftigen aktiven Sorte, sprangen sogleich los, um das nächste Fenster auszumachen. Ohne lange sich in den Gängen und Büros zu verirren, stellten sie, sobald sie vom Gang in ein Büro guckten, fest, dass sie nichts sehen konnten: »Mensch, Leute, da ist alles weiß da draußen, wie dichter Nebel!« Scott Belsen und Kevin Hendersen, welche sogleich folgten, bestätigten das Unfassbare: »Ja, tatsächlich, man sieht nicht die Hand vor dem Gesicht!«

»Was ist denn das?«

»Staub und Dreck, nehme ich an, weiß auch nicht«, antwortete der schlanke Büromensch, der ihnen bis zur Tür gefolgt war, wieder erstaunlich nüchtern, fuhr dann weiter, »wir haben alle zugeschaut!«

»Wie zugeschaut?«, fragte Bob.

»Ja, wie es passiert ist. Plötzlich stürzte alles ein! Vor unseren Augen!«

Etwas scheu, vermutlich noch völlig unter Schock, meldete sich jetzt eine junge Frau, Afroamerikanerin aus Neu Jersey, einfache Büroangestellte, kecke rote Strähne aber schmuck gekleidet: »Da ist einfach alles an uns vorbeigerasselt, alle Stockwerke!«

»So richtig in sich zusammengekracht, wie ein Kartenhaus«, ergänzte der Schlanke, als ob er dies rein analytisch auseinandernehmen würde. Vermutlich seine tagtägliche fade Aufgabe vor dem Bildschirm, seit Jahren.

Unverwandt kreuzten sich Thomas und Bobs Blicke, vergewisserten sich mit den anderen Männern, die ehrfurchtsvoll alle auf sie starrten. Erst bebten sie noch so vor Tatendrang, hier hinaufzustürmen, Menschen aus Gefahr zu bergen, Leben zu retten, standen kurz selbst vor dem vermeintlichen Abgrund. Für wenige Minuten glaubten sie selbst geopfert zu werden, sprang jedoch der Zufall oder wer auch immer zu ihren Gunst ein, gab ihnen grünes Licht für die Weiterfahrt zum Leben. Und jetzt?

»Weißt du, was das bedeutet, Thomas?!«

Verstummt wie ein Goldfisch zwischen den Reißern einer Katze nickte der lediglich mit dem Kopf, presste die Lippen zusammen, fluchte einen großen Fluch leise in sich hinein. In einer solch ernsten Tonlage hatte er wohl Bob noch nie sprechen gehört, obgleich ihm dessen Nonchalance zuweilen auf die Nerven ging. Ehe er sich zu einer Erwiderung durchzuringen vermochte, welche ohnehin überflüssig schien, warf er einen erneuten Blick ins staubige Nichts da draußen, dort wo sich ehedem noch ein gigantischer Turm in den stahlblauen Neu Yorker Himmel reckte.

»Wie viel Zeit bleibt uns wohl noch?«, fragte er mehr rhetorisch, sich zu

Bob umdrehend. Unschlüssiges Schweigen oder vielmehr eine Weigerung, den unfreiwillig verordneten Tanz auf dem Vulkan zu akzeptieren, stellte sich ihm entgegen.

»Halbe Stunde? Keine Ahnung.«

Viel Zeit zum Werweißen blieb kaum übrig. Jetzt musste rasch eine Entscheidung her, dachte Thomas, vermutlich die schnellste seines Lebens. Zuweilen war es anstrengend, immer die Führung innezuhaben, doch für ihn das einzig Richtige. Ihm war, als ob die ganze Verantwortung für alle noch irgendwo im Turm verbliebenen Menschen auf seinen Schultern lastete, jetzt, da ihm diese Erkenntnis gedämmert war. Zum Glück war Bob mit von der Partie, dieses sympathische Großmaul. Ja, das war er, manchmal. »Also, hört mal Leute!«, sagte er mit ruhiger Stimme, um ja nicht irgendwelche unbeabsichtigten Panikattacken zu provozieren, wie dies leicht geschehen könnte, falls sich die Leute ihrer Situation voll bewusst würden. »Ihr Büromenschen begebt euch jetzt in die Aufzüge da und fahrt rassig runter. Das ist ein Befehl! Vom 14. Stock an gelangt ihr dann locker über die Treppen in die Eingangshalle. Die meisten sind bereits evakuiert, denke ich. – Bob und Kevin Hendersen nickten zustimmend – Wir, Männer von der Feuerwehr, Bataillon 11, werden ordnungsgemäß unseren Job erledigen. Das heißt, wir stechen jetzt da runter, Stock um Stock, ziemlich zügig und nehmen alle mit, die noch irgendwo herumirren.«

Kevin Hendersen trat einen Schritt vor, fragte: »Chef, was machen wir mit der Ausrüstung?«

»Mitnehmen natürlich«, schaltete sich Bob spontan ein, »nur die Sauerstoffmasken und -flaschen abschnallen und liegenlassen. Die brauchen wir definitiv nicht mehr. Das erspart uns viel Gewicht.«

»Genau, danke, Bob, dass du mitdenkst«, erwiderte Thomas, seufzte kurz und warf einen nachdenklichen Blick nach oben, zur Damoklesdecke. »Und denkt daran: wir möchten die Ruhe bewahren und dafür zackig durchkommen! Ich denke, in einer guten halben Stunde – er machte bewusst auf Zweckoptimismus – werden wir unten sein. So, und jetzt möchten wir nicht länger rumtrödeln. Okay? Also, Abmarsch!« Unmittelbar hob er den rechten Arm, wie um ein Zeichen zu geben und wies in Richtung des Hornbrillengestells, »hey, Sie, da! Könnten Sie die Leute in Ihre Obhut nehmen? Jemand muss vorausgehen. Ich denke, Sie sind bestens dafür geeignet. Kennen sich bestimmt hier aus wie in Ihrer Hosentasche!« Ein unerwartetes Strahlen machte sich auf dessen Gesicht breit. »Klar, doch, mache ich!«, kam überraschend stramm die Antwort. Na, vielleicht ist der gar nicht so übel, der bleiche Junge, dachte Thomas. Einfach keine Gelegenheit gehabt, bis jetzt.

Über den taktischen Kanal kriegte Thomas bestätigt, was soeben mit dem Südturm geschehen war, während sie das nächstliegende Treppenhaus benutzten, C. Wie es aussah, herrschte auch in der Einsatzleitung volle Verwirrung, was jetzt am klügsten zu tun wäre, außer: ›Hintern und Ellbogen voraus jetzt! Sofortiger Rückzug, Männer! Nur eine Frage der Zeit, bis euch die Decke auf den Kopf fällt! Und vergesst nicht: geordnete Evakuation!‹ »Ja, das muss uns nicht zweimal gesagt werden«, sagte Bob, der ständig auf die Uhr guckte, als Thomas ihn informierte.

Welche Gedanken fliegen einem wohl in einer lebensbedrohlichen Situation wie dieser durch den Kopf? Wenn man sich in der Mitte eines Stahlturmes befand, der oben lichterloh in Flammen stand, und der Countdown unten im Ameisenhaufen lief? Gleich würde es darin noch mehr zappeln und rappeln, so schrecklich dies war.

Wie sie von einer früheren Übung nach dem ersten Anschlag in den Neunzigern her wussten, gab es drei Treppenhäuser, die um ein großes T angelegt waren: An den Querbalkenenden je eins, A und C, sowie das mittlere B am Ende des Langbalken. Kurz wurde abgemacht, welche Strategie sie verfolgen würden. Wer wo durchgehen würde, um irgendwelche Freaks, die immer noch nicht begriffen hatten, was los war, zu ihrem Glück zu zwingen. Thomas, als Hauptverantwortlicher der Truppe, ordnete an, dass er als letzter folgen würde. ›Der Kapitän verlässt als letzter das Schiff‹, rief er Bob fast schon mit Stolz zu, welcher mit Kevin Hendersen und Michael Schardt, dem Grünschnabel, die Vorhut bildete. ›Ich knöpf‹ mir B vor, bis zur Mitte.‹

Emsig räumten sie ein Stockwerk nach dem andern, scheuchten die wenigen noch vorzufindenden Personen die Treppenhäuser runter. Wie man später erfuhr, gab es Personen, welche die ›Gelegenheit‹ nutzten, um mit dem Leben, vielleicht einem Trümmerhaufen, abzuschließen, während sie die Tür ihres Büros hinter sich abriegelten, still auf dem Sessel Platz nahmen und vielleicht noch irgendeine Botschaft auf dem Bildschirm ihres Computers festhielten, welche ohnehin niemand jemals zu Gesicht kriegen würde. Einfach makaber und irgendwie fürchterlich tragisch.

Das Geheimnis des fernen Elchbergs

›Lyke?!‹, rief Michaels Stimme hinter ihr. Erschrocken fuhr Lyke auf, als sie
ihren Mann hinter sich gewahrte, wie er soeben vom Gang zu ihr ins ehemalige Kinder- und jetzt Computer- wie Arbeitszimmer trat. ›Ach, du schaust dir Bilder vom Urlaub an?‹, stellte er überrascht fest, als sein Blick auf die PowerPoint fiel.

›Ja, sind doch einfach gelungene Fotos, nicht?‹

›Allerdings, habe *ich* schließlich geschossen‹, meinte Michael breitgrinsend, unklar, ob mehr Stolz oder eine erfrischende Portion Selbstironie darin steckte.

›Seid ihr fertig geworden?‹, fragte Lyke, klickte mit der rechten Maustaste die *Präsentation beenden*-Funktion an.

›Nein, doch nicht ganz, aber Jim hat mir noch etwas geholfen beim Zusammenkleben. Manchmal wäre es praktisch, wenn man vier Hände hätte.‹

Während Michael sich am Türrahmen abstützte, zögerte Lyke einen Augenblick lang, ob sie den Computer nun runterfahren soll oder nicht. ›Ich denke, ich muss mich wohl langsam um den Glühwein und die Brötchen kümmern.‹

Hustend kratzte sich Michael am Kopf, sagte dann: ›Ach ja, deshalb bin ich ja raufgekommen. Jim isst doch nicht mit uns. Es reicht ihm nicht mehr, wenn er erst noch nach Hause muss.‹

›Okay, kein Problem‹, meinte Lyke, kehrte zurück zur Aktivierungstaste der PowerPoint. Etwas in ihr sperrte sich.

Michael wollte bereits wieder das Zimmer verlassen, als er sich nochmals umdrehte, fragte: ›Wo ist denn die CD mit den Urlaubfotos?‹

›Die du für Jim gebrannt hast?‹, fragte Lyke.

›Ja. Die lag doch heute Morgen noch irgendwo hier.‹

Unmittelbar kramte Lyke in den Stapeln von Abrechnungen, Quittungen, Bankkontoauszügen und anderem Papier, wozu abzuarbeiten sie eigentlich heraufgekommen war. Seit Jahrzehnten war das ihr Job, worüber Michael noch so froh war. Wenn es etwas gab, was er hasste, war es Bürokram. Für Lyke kein Problem, außer in letzter Zeit. Da wühlte sie etwas richtiggehend auf, ließ ihren Sinn nicht mehr los. Erleichtert sagte sie dann: ›Na, da ist sie ja, unter der Wärmepumpe-Rechnung.‹

Als Michael den hohen Tritt der knarrenden Holztreppe runterstieg, sich am Geländer festhielt, drückte Lyke energisch auf den Startknopf der Diashow, genoss erneut den Anblick der Lichtbilder. Eine ganze Menge liebsame Erinnerungen stieg herauf, wie sie nach Frühschoppen und Stärkung in Braggbach, Provinz Alberta in Kanada und eins der Eingangstore zum Kananaskis, in ihrem dunkelroten Miet-Opel das Ellbogental hinaufstachen. Alsbald passierten sie das große hölzerne Willkommensschild, suchten die Wildhüter-Station und zugleich Besucherzentrum für eine Kurzinfo auf. Wenig später überquerten sie auf der Weiterfahrt beim Allen Bill-Teich den Ellbogenfluss, um nach einem Kilometer nach Paddys Ebene rechts in den unteren Kiesparkplatz der Elchbergstraße einzulenken. Eine Tafel verwies auf die winterlichen Schließzeiten der 14.6 km langen Schotterstraße vom ersten Dezember bis zum vierzehnten Mai. Streckenweise keuchend erklomm ihr Fahrzeug die gewundene Gratstraße, welche zugleich zur oberen Servicestation der lokalen Gasförderung hinaufführte. Vom harschen Gebirgsklima geprägt ging der raschelnde Pappelbestand im unteren Bereich allmählich in Nadelwald über, desto höher sie sich hinaufarbeiteten. Michael, hinter dem Steuer, meinte: ›Mensch, Leute, jetzt wird es aber zusehends einsamer.‹

›Und wilder!‹, ergänzte Jim, dessen Augen aufblitzten.

Lyke, auf dem Rücksitz an der rechten Scheibe, etwas schlapp, fragte mehr rhetorisch: ›Du meinst, wir begegnen doch noch einem Bären?‹

›Ja, warum nicht‹, entgegnete Michael nicht ohne Faszination, drückte energisch das Gaspedal durch, um den bevorstehend steilen Abschnitt mit etwas Anlauf zu bezwingen. ›Der Wildhüter hat zwar gesagt, dass in letzter Zeit keine gesichtet worden wären, aber vielleicht haben wir ja Glück!‹

›Glück?‹, fragte Lyke entgeistert, durchforschte die dunklen dichten Wälder vor der Fensterscheibe. ›Meinst du das jetzt eigentlich im Ernst, Michael?‹

›Ja, durchaus.‹

Jim, welcher entspannt auf dem Beifahrersitz saß, Arm auf das offene Fenster gelehnt, sagte vergnügt: ›Also, mein Chilispray steckt fest im Halfter. Wäre schade, wenn ich ihn wieder ins Geschäft zurückbringen müsste. Ungebraucht.‹

›Also, du bist ein Spinner‹, sagte Lyke halb im Scherz. ›Der kommt besser nicht in Einsatz, so wie der Wildhüter gesagt hat. Das heißt, wenn es dann so weit ist, hört der Spaß auf.‹

Sein Gefährt geschickt über die rutschige Kiespiste führend, erwiderte Michael gelassen: ›Ich glaube, wir machen uns da zu viele Sorgen. Die Wahrscheinlichkeit ist doch gleich null, besonders, wenn wir in der Gruppe unterwegs sind. Konzentriert euch lieber auf das Wetter! Wunderschöner Tag heute! Das gibt super Schnappschüsse da oben, sag ich euch! Mit 360° Rundsicht!‹

Und er sollte Recht behalten, denn das war es in der Tat, Bilderbuchwetter: stahlblauer Himmel, ein paar flauschige vereinsamte Wölkchen, photogen inszeniert, rundeten das Bild ab, insbesondere fürs Album. Was begehrte der fotografische Mensch da noch mehr? Und dennoch durchströmte Lyke beständig dieses eigenartig beklemmende Gefühl, welches ihr die halbe Nacht den Schlaf geraubt hatte.

Trotz beträchtlicher Müdigkeit war sie die längste Zeit ungemütlich auf dem Laken gelegen, ihr Herz klopfte, wachte immerfort auf, wenn auch ohne ersichtlichen Grund. Da lag doch etwas in der Luft! Das spürte sie doch in jedem einzelnen ihrer Knochen. Glasig-orange war der Morgen heraufgedämmert, von unten verfärbt von einem blassgrünen Gallertstreifen, als sie in der erquickenden Kühle des Tagesanbruchs leise auf die Veranda des Neubaus der angrenzenden Jugendherberge in Banff, gemächlich zu Füßen des Tunnelbergs, in ihren Hausschuhen hinaustrat. Die rußschwarze Masse umliegender Bergketten wurde langsam blasser, bis sie die gleiche Farbe hatten wie der Rauch, welcher aus dem Kamin der Herbergsküche entwich. Beständig wurde die kalte Luft milder, Häufchen von Kieseln oder Erdreich warfen plötzlich bleistiftlange Schatten, und die gleich unterhalb der Herberge aufragenden Engelmannfichten rückten zu Scheiben von dunklem Malachit zusammen. Der Ruf eines tiefkreisenden Adlers lenkte sie kurzweg ab, ließ sie zum Himmel aufblicken. Dieser Tag würde nicht wie jeder andere werden. Im Altbau gegenüber schlug jemand eine Türe fest zu. Etwa ein berauschter Spätheimkehrer? Angesichts des mehrheitsbildenden Jungvolks hier gut möglich.

Schließlich am oberen Parkplatz angelangt, am eigentlichen Ende der Staubstraße, stiegen sie aus, parkten ihr Gefährt in die Reihe der wenigen Autos, die sich bereits aneinanderfügten. Frohgemut machten sie sich bei der Abzweigung des Bergpfades, welcher sie auf dem Gratwanderweg und überwiegend in Waldabschnitten dem Gipfel zuführte, auf Wanderschaft.

Behaglicher Sonnenschein, kühlende Wälder, die linde Nostalgie von stetig veränderndem Wolkenspiel wie einschüchternder Schattenwurf gegenüberliegender abweisender Felswände umwarben sie auf ihrem Aufstieg, schließlich über die Baumgrenze hinaus, auf blumenverwelkte Bergwiesen und in den leicht stürmischen, unaufhörlichen Wind. Lyke war als sähe sie nun Schafherden friedlich weiden, Schafhirten in Pferdesätteln über diese verdammten Kojoten fluchend, mit bis auf die Brandsohlen durchgelatschten Stiefeln, voller Löcher, mit einer 30-30er ausgerüstet, um insbesondere nächtens Kojoten vor Beuteriss abzuwehren. Pferde, die bitteren Wacholder mit ihren Hufen zertraten. Gegenüber kletterte eine Wildherde von Großhornschafen im Fels, ähnlich wie sie sie letzthin auf der Pocaterragratstraße aus nächster Nähe gesichtet hatten.

Jim und Michael, tief in einer Diskussion versunken, schritten voraus. Die beiden entpuppten sich als wahre Gipfelstürmer, bemerkten nicht, wie Lyke derweil zurückfiel. Während die Männer auf dem steinigen Pfad dem Gipfel entgegenwanderten, die Himmelstore sich nach dem Verlassen des dichten Baumgürtels nun breit aufrissen und sich ein Vorgeschmack der grandiosen Aussicht der mit Hubschrauber anfliegbaren Feuerwache auf dem höchsten Punkt des Elchberges erahnen ließ , wich Lyke aus ihr bis heute unerfindlichen Gründen rechterhand vom Weg ab. Schnurstracks zielte sie über das Gras auf eine kleine Gruppe Tännchen zu, die wie Wachtposten bis zur Nasenspitze in grüne Nadeldecken eingehüllt sich auf der Kuppe unentwegt vor den ausgiebigen Winden, Regengüssen wie Kälteperioden behaupteten, und dies seit Urzeiten. Ein aufkommender Wind pfiff, heulte, sauste ihr um die Ohren, dabei wie in einer ihr fremden unverständlichen Sprache zuflüsternd, *nun da ut sun‹yiiii ….*

Einen Augenblick lang blieb Lyke stehen, rieb sich feine Sandkörner aus den Augen, welche es durch den Windstoß aufgewirbelt hatte. Als sie ihre Augen wieder öffnete, gewahrte sie nun vor ihr eine Wand, wie aus dem Nichts aufgetaucht und glasig in allen Regenbogenfarben schillernd, hellglänzend. Instinktiv schritt sie darauf zu, um dieses Phänomen zu erkunden, blieb dann abrupt stehen, denn allmählich zeichnete sich darin eine Veränderung ab, kristallisierte sich im gallertartigen Gewebe eine konkrete bekannte Form heraus, ja, nun sichtbar eine *Tür*! War dies etwa eine Aufforderung oder vielmehr Einladung an sie, einzutreten? Doch wozu sollte sie das? Was für eine seltsame Art Halluzination ging hier überhaupt vonstatten? So etwas von dieser Art war ihrer eher nüchternen Art nun vollends fremd!

Reflexartig schüttelte Lyke den Kopf, guckte kurzum weg, um gleich zu vergegenwärtigen, wie sich die Türe allmählich zu öffnen begann. Dies war nun aber weitaus mehr als ein unmissverständliches Zeichen!

Lyke Sanders, da geschieht etwas mit dir!
Etwas Rätselhaftes!
Was auch immer!
Wie auch immer!
Warum auch immer!

Ψ Ψ Ψ

Es kam einfach niemand

»Mama«, wiederholte Biggis Stimme beinahe etwas vorwurfsvoll, »hörst du mir überhaupt zu?« Unverwandt schreckte Claudia auf, realisierte, dass ihre Gedankenwelt soeben in die jüngste Vergangenheit abgetaucht war, um deren Interpretation einer Revision zu unterziehen, oder zumindest im Versuch, ihr die Schwere zu nehmen. »Ja? Was hast du gesagt, Biggi? Entschuldige bitte, aber, ich glaub‹, ich war wie kurz weggetreten«, meinte sie verlegen, rieb sich kurz die Augen und verkniff sich das Gähnen, »bin vielleicht doch etwas übermüdet. Letzte Nacht kriegte ich kaum ein Auge zu.« Vom unmittelbar einsetzenden Sonnenschein abgelenkt fiel ihr Blick nach draußen, auf die Promenade, sah, wie es am Strand zusehends aufklarte. Gleißende Lichtstrahlen setzten sich gegen düstere Wolkenvorhänge durch, erhellten den gleichen Tag wie gleichen Ort umgehend mit einer Art Übersinnlichkeit.

»Mama, das geht uns doch allen so«, sagte Biggi. »Weißt du, ich habe Eric soeben erklärt, wie wir dies früher mit dem Glöckchen gemacht haben.«

»Glöckchen?«

»Ja, wenn ein Arbeitskollege im Dienst tödlich verunglückt war.«

»Ach, *dieses* Glöckchen meinst du, ja, klar«, entgegnete Claudia, wieder voll im Gespräch. Der Imbiss des Badehauses hatte sich mittlerweile mit Volk gefüllt. Es schien, als würde es heute halb Neu York nach dem Rockaway-Strand dürsten, auf jeden Fall ins Freie, an eine gute Portion erfrischender Luft. In Claudia stieg beinahe so etwas wie Verärgerung auf, da sie den Ort heute für sich alleine haben wollte, und nicht dieses Gedränge und Gejohle. Das passte einfach nicht zu ihrer derzeitigen Stimmungslage.

Eric, dessen Augen sich kaum von Biggis Blondschopf loszureißen vermochten und dies noch weniger beabsichtigten, meinte: »Biggi hat mir gesagt, dass ihr jeweils so ein Ding angeschlagen habt.«

»Ja«, sagte Claudia, nahm einen Schluck ihres Gebräus, netzte ihre spröden Lippen, ihre Augen durchforschten sorgfältig diesen Eric, »das war eigentlich eine schöne Tradition, so traurig der Anlass dahinter auch war. Thomas hat dies zu Hause gemacht, solange die Mädchen noch klein waren.«

»So eine Art Ritual?«

»Genau, ist jetzt zwar auch schon ein paar Jahre her«, meinte Claudia mit einem Seufzer, welcher nostalgischen Schmerz erkennen ließ. »Weißt du, Eric, auf der Feuerwache meines Mannes war es einst üblich, über die interne Lautsprecheranlage eine Folge von Glockentönen abspielen zu lassen, wenn jemand bei einem Einsatz ums Leben gekommen war.«

»Viermal fünf Schläge«, fügte Biggi an, »und keiner durfte dabei sprechen. Papa bestand darauf, dass wir dies zu Hause ebenfalls so machen, immer vor dem Abendessen. Jeder kam mal dran. Mama zündete noch fünf Kerzen an.«

Nachdenklich sagte Claudia: »Wenn so etwas vorgefallen war, sprach Thomas manchmal tagelang praktisch kein Wort mehr.«

»Was ja begreiflich ist«, ließ Eric überraschend einfühlsam verlauten. Unverwandt blickten sich die drei Frauen an, stutzten. War da tatsächlich noch so etwas wie Empathie vorhanden? Schließlich meinte Claudia: »Ja, so etwas geht in der Tat unter die Haut, das lässt niemanden kalt, und dennoch gehört es in diesem Beruf einfach zur Realität. Dies lässt sich nun mal weder vermeiden noch wegdiskutieren.«

»Bis Papa nichts mehr sagte, brauchte es einiges«, brach nun Christina ihr nachdenkliches Schweigen.

Zunickend bestätigte Claudia: »Das ist allerdings wahr.« Eigentlich hatten Thomas und sie nie direkt darüber gesprochen. Obgleich oder gerade weil es auch ihn hätte treffen können, jederzeit. Es war wie eine stille

Abmachung: ›Lass uns lieber nicht darüber reden, sonst ziehen wir das Unglück zuletzt noch an.‹ So hatten sie sich in der Regel darüber ausgeschwiegen, nur still und bedeutungsvoll angeguckt. Jeder ahnte, was dem anderen in diesem Augenblick durch den Kopf ging. Worte: überflüssig.

»Ich erinnere mich, 1978«, fuhr Claudia fort, »ein Jahr vor unserer Hochzeit, da wart ihr Mädchen noch gar nicht auf der Welt. Da brannte es ganz fürchterlich in Waldbaums Supermarkt in Breukelen. Thomas war damals erst vierundzwanzig, ich zweiundzwanzig. Hm – stutzte sie – wir hatten uns erst vor einigen Monaten kennengelernt, gingen aber schon offiziell miteinander. Das war sein erster großer Einsatz, und da sind zwölf Kollegen ums Leben gekommen. Ihr könnt mir glauben: Das ist uns beiden zünftig eingefahren! Die 240 Glockentöne auf der Beerdigung werde ich nie mehr vergessen!«

»Ach, deshalb bestand Papa auf diesem Ritual zuhause?«, meinte Biggi ganz erstaunt, warf erneut einen Kontrollblick auf ihre Fingernägel, als ob sich da in der Zwischenzeit etwas Entscheidendes verändert wäre. Ein kurzer Seitenblick zu Eric gab ihr das Gefühl, dass er ihre Kleidung mit seinen Augen Hülle um Hülle garderobte. Schon keck, dieser Geißbart, dachte sie, da würde man gerne mal daran ziehen und dem Kerl Manieren beibringen. So richtig klar darüber war sie sich zwar noch nicht geworden, ob sie Erics Verhalten abstieß oder irgendwo sogar noch faszinierte. Schließlich gab es ihr ja das Gefühl begehrenswert zu sein. Nur wozu?

»Ja, das war eigentlich der Anstoß dazu«, sagte Claudia.

»Davon hast du aber noch nie etwas erzählt!«

»Nicht?«

»Nein, ich kann mich beim besten Willen nicht erinnern.«

»Ist halt schon lange her, Biggi, und ihr wart noch gar nicht da«, sagte Claudia, realisierend, dass sie dies jetzt eigentlich selbst überraschte. »Papa wollte dieses Ritual keinesfalls einfach so sterben lassen, auch als es dann mit den neuen Kommunikationsmitteln abgeschafft wurde.«

»Das war für uns Kinder auf alle Fälle recht eindrücklich«, meinte Christina, »obgleich ich glaube, dass uns Kindern die ganze Tragweite noch längst nicht bewusst war.«

»Das war auch gar nicht möglich, würde ich sagen. Als Kind nimmt man vermutlich noch eher instinktiv wahr; und ist vielleicht auch besser so.«

Während Christina, im Versuch eine neue Sitzposition zu finden, um sich besser entspannen zu können, mehrmals die Beine kreuzte, sagte sie: »Also, dass es auch Papa hätte treffen können, wurde mir erst später wirklich bewusst.«

Sich gleichsam streckend sowie einen tiefen Seufzer ausstoßend, sagte Eric nicht ganz ohne Verwunderung: »Dann habt ihr also zu Hause gar nicht darüber gesprochen?« Wie er soeben festgestellt hatte, blickte er da in eine ganz neue, ihm weitgehend unbekannte Welt hinein. Wiederum blieb sein Blick am Objekt seiner Begierde hängen.

»Ja, wie soll ich sagen?«, sagte Claudia überlegend, hielt einen Augenblick inne. Allmählich machte sich bei ihr ein Grundbedürfnis bemerkbar. »Nicht direkt, vielleicht. Nun, wir wussten ja vom Supermarktbrand, dass auch Thomas jederzeit ein Unglück zustoßen könnte, aber wir haben das Thema schon möglichst vermieden. Verdrängt könnte man auch sagen. Wahrscheinlich gerade, *weil* die Gefahr so real war, versuchten wir dies wegzuschieben, sonst hätte es uns vermutlich nur verrückt gemacht. Und wir wollten doch ein möglichst normales Leben führen, wie alle andern.«

Denn sie war da, die latente Bedrohung, Tag wie Nacht, Sommer wie winters, schwebte bis zu ihrem Einsatz geräuschlos harrend über ihren Leben.

Wievielmal hatte Claudia diese Szene in den letzten dreiundzwanzig Jahren seit dem Waldbaum-Brand in Gedanken wohl durchgespielt: Sie wäre abends zu Hause, am Abendbrot vorbereiten. Es duftet herrlich nach frischzubereiteten Schwäbischen Maultaschen an einer hausgemachten Basilikum-Tomatensauce, das Werk eines ganzen Nachmittags und was Thomas und die beiden Mädchen als Leibspeise liebten. Dann klingelt es an der Tür. Die erste Schrecksekunde, welche immer unmittelbar eintritt, wenn es unerwartet läutet, wäre bereits überstanden. In ihrer nachtblauweiß gestreiften Küchenschürze und mit einer frisch abgeleckten Holzkelle in der Hand sieht sie sich beklommen die Türe öffnen. Draußen im dunklen Eingangsbereich stehen sie dann, die beiden ›Todesengel‹, in ihren zweifelsfrei todschick herausgeputzten Uniformen, angeleuchtet vom warmen Schein des Wohnungslichts. Ein für solche Fälle zuständiger Kommandant des Feuerwehrdepartements, unübersehbar betreten im Gesichtsausdruck wie in Begleitung eines schwarzgekleideten Kaplans, von denen einer sich räuspert, ehe der andere zur Begrüssung anhebt. ›Ich sag‹ dir, da muss niemand zweimal klingeln, bis es einem im Hinterkopf Sturm läutet!‹, meinte Claudia einmal zu Monika. ›Jede Feuerwehrmannfrau weiß bestens Bescheid, was *dies* bedeutet! Sie würden zunächst höflich fragen: ›Dürfen wir für einen Augenblick reinkommen, Frau Sanders?‹, den Hut abnehmend sowie beflissen die makellos glänzenden Schuhe abtretend. Nachdem sie ins Wohnzimmer eingetreten wären und neugierig-verlegen gefragt hätten, wonach es denn so gut dufte, rückten sie dann irgendwann mit *der* Nachricht heraus. Eine Botschaft wohlverstanden, die niemand jemals entgegennehmen will, und zugegebenermaßen, auch niemand überbringen möchte. Und doch käme man nicht darum herum.‹

Dieses Mal jedoch verlief es anders. Nicht so, wie sich dies der eigene Sinn in albtraumhaften Tagträumen unzählige Male ausgedacht hatte.

Dieses Mal kam niemand.

Einfach *niemand*.

Und zwar weder am gleichen Tag, noch den danach oder eine Woche darauf. Gleichwohl kein Brief vom Feuerwehrdepartment oder sonst eine Benachrichtigung, als ob Kommunikationsmittel erst erfunden werden müssten. Man hing einfach in der Luft, und dies schon monatelang. ›Geht es denen eigentlich noch!‹, regte sie sich bisweilen auf, wenn ihre Geduld in zaghaften Momenten jeweils auf eine ernsthafte Bewährungsprobe gestellt wurde. ›Mein Mann kommt nicht mehr von der Arbeit zurück und niemand lässt was von sich hören! Ist dies nicht unerhört?! Jede anständige Bude, und dazu zähle ich auch staatliche Arbeitgeber, trägt doch diesbezüglich eine Verantwortung. Da *muss* doch jemand kommen und etwas sagen wie: ›Es tut uns schrecklich leid, Frau Sanders, Ihnen mitteilen zu müssen, dass Ihr Mann bei einem Lösch- und Rettungseinsatz heute Morgen ums Leben gekommen ist‹, oder so ähnlich.‹ Und doch war es so, dass bis heute niemand aufgekreuzt war, um ihr und ihren Töchtern die schreckliche Gewissheit zu überbringen.

Einfach NIEMAND.

Angesichts dieser Sachlage verblassten die kleinen Zwistigkeiten, wie sie allerorten anzutreffen waren, geradezu zur Bedeutungslosigkeit. Als Familie Sanders bildeten sie in der Regel eine willensstarke Einheit, zumindest erweckte es gegen außen diesen Eindruck. Der Innenblick offenbarte indes auch Krisenzeiten, wie damals, als Claudia in ihren jungen Ehejahren beinahe die Decke auf den Kopf fiel. Thomas‹ lange Präsenzzeiten auf der Wache und die damit verbundene Abwesenheit zuhause, setzten ihr bisweilen zu. Darüber, wie sie ihren Ehemann tagelang kaum mehr zu Gesicht kriegte. Dann war es nicht mehr weit bis zu gelegentlichen Vorwürfen: ›Ich habe den Eindruck, du bist mittlerweile mit der Feuerwache verheiratet statt mit mir! Zu mehr als ›Hallo, Schatz!‹ und ›Tschüss, Liebling!‹ reicht's ja wohl nicht mehr! Ein flüchtiger Kuss, das war's dann!‹ Diese arbeitsbedingte Situation verlangte von ihr einigen Verzicht ab. Beinahe zwangsläufig musste dies ja irgendwann zu einer ernsthaften Krise zwischen den beiden führen, eine Verstimmung, die sie zwar vor ihnen als Kindern stetig zu verbergen suchten. Doch so naiv, jung oder dumm, waren diese nicht, obgleich sie sich damals noch im Grundschulalter befanden.

Irgendwie gelang es den Eltern indes, die Angelegenheit wieder auf die Reihe zu kriegen. Mutter besuchte Abendkurse und begann wieder auf ihrem angestammten Beruf als Röntgenassistentin zu arbeiten. So kam sie für einige Tage in der Woche unter die Leute und in ein anderes Umfeld mit neuen Beziehungen. Das tat ihr vollauf gut. Da sie ursprünglich in

Übersee aufgewachsen war, fehlte ihr hier anfänglich ein vergleichbares Umfeld mit entsprechenden Kontakten; ungleich wie Thomas, der in Trenton, der Hauptstadt des Bundesstaates Neu Jersey, am Delawaren Fluss gelegen, aufgewachsen war. Vater Rob arbeitete dort bis zu seinem tödlichen Herzinfarkt 1989 als Ausbildner in Fort Dix, einer amerikanischen Militärbasis, gute dreißig Kilometer süd-südöstlich davon und Teil der heutigen JB MDL, Joint Base McGuire-Dix-Lakehurst. Zum gestrengen Schwiegervater, dem oberstrammen Offizier, hatte sie seit jeher ein unterkühltes Verhältnis. Fairerweise musste man sagen, dass die Kragenweite gegenseitig nicht passend war. ›Musste es denn eine deutsche Göre sein?!‹, erfuhr sie via Nari von seiner Meinung. Nach Robs Hinschied erwog Nari zunächst einen Umzug in ihre Nähe, bevorzugte dann aber einen Verbleib in ihrer gewohnten Umgebung, wo sie ihre Altbekannten wie weiteren Verwandten, eine ältere Schwester mit Schwager, hatte.

Tief atmete Claudia ein, sagte dann in die Runde: »Also, ich muss mal. Und nachher wird es langsam Zeit für eine Ortsverlagerung. Hier drin ist bald Jahrmarkt!«

Ψ Ψ Ψ

11. September 2001:
Wenn die Decke in jeder Hinsicht auf den Kopf fällt

»Nichts, alles sauber hier!«, rief Kevin Hendersen, winkte den andern zu, ehedem er ins Treppenhaus zurückstürmte, um das nächste Stockwerk in Angriff zu nehmen. »Danke!«, erwiderte Bob, nickte zufrieden, warf einen erneuten Blick auf seine Armbanduhr. Fünfzehn Minuten seit Beginn ihrer Großevakuation waren vergangen. Wie lange wohl noch die Decke hält? Bevor der gefürchtete Countdown zum zweiten Mal einsetzt. In zehn Sekunden wäre alles vorbei. Die Gefahr eines Gebäudeeinsturzes im Brandfall war an sich nichts Neues, eine stete Bedrohung im Dienst eines Feuerwehrmannes. Und dennoch war dieses Mal alles ganz anders. Wo Thomas blieb?

Der suchte währenddessen die hintersten Büros ab, rief im Gang erst pauschal in sein Megaphon, scannte dann die Büros hinter den getönten Glaswänden einzeln ab, ob da eventuell irgendjemand übersehen worden war. Zwar herrschte nach wie vor keine Hektik unter den evakuierten Scharen, welche sichtlich ausdünnten, eine erstaunliche Ruhe angesichts des sich abzeichnenden Sturmes. Und dennoch, man wusste nie. Seine diffusen Befürchtungen sollten sich nicht als unbegründet erweisen. Eigentlich wollte er bereits weiterhechten, als er abrupt stehenblieb, aufblickte, nach rechts. War da was? Da hinten, halb versteckt. Hatte sich da nicht soeben etwas bewegt? Vielleicht nur ein Vogel vor der Fassade draußen? Eine optische Täuschung? »Bob, halt! Ich glaube, da ist noch was«, rief er durchs Megaphon durch den ganzen Gang. »Was ist?«, antwortete der. »Wart doch einen Augenblick! Muss mich kurz vergewissern«, sagte Thomas, durchschritt die offene Glastür, welche wie so alles auf den Etagen offen zurückgelassen worden war, als kämen die Leute gleich vom Toilettengang zurück. Bildschirmschoner flimmerten, Bürostühle standen herum, da lag noch die Ausgabe des Neu Yorkers auf einem Pult, angelesen, verknittert, halb ausgetrunkene Starbucks-Pappbecher neben Pflanzenarrangements, Taschen und Aktenkoffer überall in den Nischen oder neben den Sesseln.

»He?«, sagte Thomas, näherte sich dem Pult, welchen er soeben erspäht hatte, eine Unordnung drauf. »Ist da noch jemand?« – keine Antwort oder ein Zeichen. Seine Stimme klang beinahe vorwurfsvoll, bestimmt wirsch, denn, falls da sich tatsächlich jemand weigerte, sich evakuieren zu lassen, würde er nicht nur sich selbst unnötiger Gefahr aussetzen, sondern auch sie als Rettungsmannschaft. Schließlich waren sie nicht zum Vergnügen hier oder auf einem Spaziergang am Meer. Bisweilen gab es ja schon Leute auf diesem Planeten! Planet der Affen, wie er jeweils bissig zu Bob bemerkte. Als er um die Ecke des Pultes blickte, entdeckte er zu seinem großen Erstaunen ein kleines Mädchen halb unter dem Büropult kauernd, sich die Arme schirmend vor den Leib haltend. Ihr langes dunkles Haar ließ nicht viel von ihrem Antlitz erkennen, nur, dass ihre Augen asiatisch wirkten. »Na, wen haben wir denn da«, sagte er freundlich lächelnd, »ein kleines Fräulein! Musst keine Angst vor mir haben! Ich bin Feuerwehrmann, und wir evakuieren, also, das heißt, wir bringen alle Leute aus diesem Turm.« Als er vorsichtig auf ein Knie sank und ihr die Hand reichte, glaubte er ein Lächeln zu erkennen. »Na, glaubst du mir?« Stumm nickte das Mädchen. Offenbar wirkte er vertrauenseinflößend, dachte Thomas erleichtert. Was so eine Feuerwehrkluft mit Helm ausmacht. »Willst du mit mir kommen?«, fuhr er vorsichtig fort, fortwährend ein freundliches Gesicht aufsetzend. Was in aller Welt machte dieses Mädchen anscheinend mutterseelenallein hier oben? Keine Mutter oder ein Vater in der Gegend? War ja wohl nicht möglich! Nun ja, um große Theorien oder Thesen aufzustellen, war jetzt beim besten Willen nicht die Zeit. »Also, gib mir die Hand, wir gehen gemeinsam. Meine Mannschaft wartet bereits! Wo deine Eltern sind, finden wir nachher heraus! Kommt schon gut, glaub mir!«

Als er mit der Kleinen in der Hand bei Bob angelangte, glaubte der seinen Augen nicht zu trauen. »Mensch, Thomas! Ein kleines Fräulein! Na«, sagte er und ging in die Hocke, »hast dich wohl verlaufen?« Vehement schüttelte das Mädchen den Kopf. »Nicht? Nun ja, es ist Zeit, dass wir rausgehen.« Väterlich strich er der Kleinen einmal über den Haarschopf, stand wieder auf, sagte zu Thomas: »Also, jetzt müssen wir weiter! Im nächsten Stock gibt es ein Problem!«

»Problem? Haben wir nicht schon genug davon!«

»Ja, dachte ich auch. Da wurden die Treppenhäuser A und C verschüttet! Vielleicht vom Einsturz des Südturms. Auf jeden Fall ist da nichts passierbar, alles voller Trümmer.« Nüchtern nahm Thomas die Infos entgegen, stets mit allem rechnend. Es war doch immer so: in der ganzen Katastrophe die Hiobsbotschaft! »Wie steht es mit dem anderen Treppenhaus? Ist B okay?« »Ja, zum Glück! Kevin hat mir soeben mitgeteilt, dass dieses intakt sei. Im Moment staut es da einfach.« Erleichtert blickte Thomas auf die Kleine an seiner Hand, gewahrte ihre absolute Unschuld. Könnte glatt als seine Christina durchgehen, so um die fünf. Nur mit dem Unterschied, dass dieses Mädchen kräftiger gebaut schien, und etwas großwüchsiger. Abermals ging er in die Knie, sagte so beruhigend wie möglich, »so, wir haben es bald geschafft! Wir sind schon ziemlich weit unten. Nur noch wenige Stockwerke! Na, bist du froh?« Erneutes Zunicken. »Welches Stockwerk sind wir schon wieder?«, fragte er zu Bob aufblickend, »16?« »17«, kam es unmittelbar zurück. »Ja, dann sind wir ja schon halb draußen! Gleich gibt's Eis!« Etwas Dümmeres fällt mir wohl auch nicht mehr ein, tadelte er sich gleich selbst. Aber die Taktik, auf völlig normal zu spielen, war zuweilen gar nicht die schlechteste.

Im 9. Stock kam der Hammer. Vor ihnen die ganze Bandbreite gehbehinderter Menschen auf dem mühsamen Abstieg, das Fluchttempo massiv drosselnd, wenngleich tatkräftig unterstützt von Dutzenden aufopferungsvoller Rettungseinheiten. »Mensch!«, rief Bob spontan aus, »was haben wir denn da!?« So weit er dies beurteilen konnte, kotzten sich die Kollegen halb die Seele aus dem Leib, um dieser merkwürdigen Gruppe beim Lauf um ihr Leben behilflich zu sein. »Was machen denn die alle hier?«, fragte er Thomas wie mit sich reibenden Augen. Unverwandt zuckte Thomas mit den Schultern, verzog den Mund, nicht minder ungläubig ob des Anblicks. Tapfer humpelnd und dennoch mit einer unglaublichen Grazie ließ sich eine ältere Dame die Treppe bis zum nächsten Zwischenabsatz geleiten. Andere, mit nicht zu ignorierendem Gewicht, wurden von durchtrainierten Kollegen die engen Treppenläufe runtergetragen. Teils auf Bürosesseln, welche man in Windeseile irgendwo entlehnt hatte, teils unter der Schulter stützend, so gut es eben ging. Hauptsache, es ging vorwärts. Von unten hörten sie plötzlich die Stimme von Chef Picciotto, durchs Megaphon: »Gehen Sie so schnell wie möglich!« Unverwandt blickten sich Bob und Thomas an, dann zu Kevin Hendersen und Frank Giberson einige Stufen unterhalb ihnen. »Das glaube ich ja nicht!«, rief Bob, »der Picciotto ist auch hier! Haben wir ihn eingeholt!« Hey, Pitch, wollte er ihm zurufen, er musste sich eine gute Etage unter ihnen befinden, als er unterbrochen wurde. Nicht von einer menschlichen Stimme etwa, die seiner Hilfe bedurfte. Es war ein Geräusch, das er fürchtete wie den Tod; genauer: es war DER Tod, sein Tod! Gleich, in weniger als zehn Sekunden wahrscheinlich. Kurz und schmerzlos, wenn es ihn erreicht hätte, aber grauenvoll in seiner maximal möglichen Wirkung bis zu diesem Augenblick!

»Scheisse, Thomas!!!«, rief er unmittelbar, den Blick furchtvoll nach oben gerichtet. »Er kommt! Dieser verdammte Turm stürzt ein! Jetzt, wo wir es fast geschafft haben!« Bares Entsetzen machte sich in den Augen aller breit. Wenngleich erwartet, ja, gefürchtet und ein Stück weit verdrängt, da die Vorstellung zu grausam über ihnen lastete. So war es nun bittere Tatsache geworden: sie hatten es *nicht* geschafft! Zwar hatten sie sich abgehetzt, gekämpft bis zum letzten Augenblick in der vagen Hoffnung, die niemals aufgibt, dass es doch noch reichen würde, wenn auch knapp. Und nun die harte Realität, auf sie niedersausend. Abertausende von Tonnen Stahl, Beton, Glas und alles Unvorstellbare krachte in diesem Augenblick in rasender Geschwindigkeit auf ihre Köpfe runter! Was überraschte und der unheimlichen Szene zusätzlichen Horror aufdrückte, war dieser Wind! Gepresste Luft, der gequetschte Atem des arg gequälten Turmes, der ihnen nun um die Ohren schlug, wie als Vorbote des unausweichlichen Endes. »Mein Gott!«, hauchte Thomas, Blick an die Decke gerichtet, jeden Augenblick das Durchbrechen erwartend. Und wiederum dieser höllische Lärm! Ein Rumoren, welches sich in einer nach oben offenen Skala unablässig steigerte, bis es ihnen fast das Trommelfell verjagte. Wie Hunderttausende von heulenden Höllenhunden, die auf sie zurasten und sie gleich zerfleischen würden! Sein Blick galt Bob, welcher wie zur Salzsäule erstarrt da stand, ihn anstarrte, fassungslos, niedergeschmettert. Ja, Alter, das war's dann wohl!, sagten Thomas' Augen in einem Anflug nicht wahrhabenwollender Verzweiflung. Dann wechselte er, vermutlich in den letzten fünf Sekunden, zur Kleinen, an seiner linken Hand. ›Christina!‹, schoss es ihm unverwandt durch den Sinn. Dann, ehe es *schlagartig* dunkel und totenstill wurde, quälte ihn ein schrecklicher Schmerz, der größte Schmerz, der einem Thomas Sanders zusetzen konnte wie sonst nichts anderes: Ich habe *versagt*! Ich habe auf der ganzen Linie *vers* …!!!

Claudias schlimmster Tag

Woran Claudia sich mit gestochener Schärfe zu erinnern vermochte, war der Ort und Zeitpunkt, wo sie sich aufhielt, als ES geschah – so erging es vermutlich Milliarden von Menschen. Wie sie an jenem schicksalsträchtigen Morgen im klinischen Geruch der Röntgenstation des Krankenhaus des Guten Samariters in Suffern fassungslos auf einen der hastig umgeknipsten Bildschirme starrte, ihren Augen nicht traute. Mund wie Augen weit aufgesperrt verfolgte sie mit Monika, Ärzten, Patienten sowie weiteren Angestellten, welche sich in Blitzesschnelle zugesellten, was sich zeitgleich auf der Manhattan-Halbinsel Hochdramatisches abspielte. ›Ich glaube es ja nicht! Das ist nicht wahr!‹, sagte sie halbflüsternd zu Monika. ›Mein Gott! Da kommt ja noch eines geflogen! Schau, Monika! Nein! Um Himmels willen! Gott! Jetzt hat es den andern Turm auch noch erwischt!‹ Ja, das war weder ein Videospiel noch die endlos-Wiederholung von Krieg der Sterne. Das war *echt*! Monika, die ansonsten Coole, verlor von Minute zu Minute an Kühle. Kreidebleich stand sie da, sagte ausnahmsweise nichts. Hm, war alles sie äußerte, knirschte mit den rauchgegilbten Zähnen. Ihr 62-jähriges Hirn lief auf Hochtouren, um DAS auf die Reihe zu kriegen. ›Ich brauch‹ erst mal eine Zigarette‹, murmelte sie dann, kramte ihre Tasche hervor, ›oder besser noch zwei.‹ Ehe sie den Raum verließ, um auf dem Balkon zu inhalieren, ging das erste Krachen los. Entgeistert starrte sie Claudia an, sagte unmittelbar wie aus der Pistole geschossen: ›Claudia, wo ist dein Mann?‹

›Thomas?‹, fragte diese verunsichert. ›Auf seiner Wache nehme ich an. Du weißt ja, er arbeitet in Harlem. Weit oben.‹ Weit weg vom Katastrophengebiet wollte sie damit sagen. Beruhigungstablette Nummer eins. Monikas düsterer Blick jagte ihr einen Schauerreigen ein, genau in diesem Augenblick. Als ob Monika einen Vorsprung hätte. Monikas Lippen bewegten sich bedächtig, aber sehr bestimmt: ›Bist du dir da *ganz* sicher, Claudia?‹ Bei dieser Äußerung war es Claudia, als ob nun parallel in ihrem Gedankengewölbe eine Horde bösartiger Dämonen auf Suffern zuraste, mitten in ihr wohlgeordnetes, gutbürgerliches Leben in einem ruhigen Außenbezirk Neu Yorks. Einen Aufschlag hinterließ, einen Krater, wie die vierte Maschine, die in ein Feld krachte. Eigentlich war es beinahe schon eine etwas spießige Existenz ohne Wahnsinnshöhen oder – tiefen, wenn man es genau nahm. Einfach durchschnittlich normal. Stinklangweilig normal, wie Amber, ihre Nichte, ihnen in ihrer ungestümen Rebellionsphase vorhielt. Die ganze Beschaulichkeit, wenngleich nur oberflächlich betrachtet, wurde nunmehr ungespitzt in den Boden gerammt. Und warum dieses Gefühl? Nun, eine böse Vorahnung übertrug sich unmittelbar von Monika auf sie. Die Vorstellung, Thomas könnte nicht dort sein, wo sie ihn zu wissen glaubte. ›Ach, komm, Monika, also jetzt siehst du Gespenster! Du machst mir ja geradezu Angst!‹ Wie sich Stunden später erweisen sollte, hatte Monika indes nicht weit weg von der Wirklichkeit ins Halbschwarze getroffen.

Dieweil sie beide das absurde Geschehen auf dem Bildschirm verfolgten, die surrealen Bilder der Einschläge und Einstürze, arbeitete es in Claudias Sinn. ›Du wirst sehen, Monika. Bestimmt wird Thomas heute Abend nach Hause kommen‹, sagte sie laut flüsternd zu Monika, während sie sich ihr zuneigte und um die Umstehenden oder Umsitzenden von ihrer persönlichen Besorgnis auszuschließen. ›Nein, also, das wäre ja vollkommen absurd, wenn …‹, sagte sie sich zur Selbstberuhigung. Unbestritten war dies *der* Super-GAU, der größtmögliche Einsatz in der Geschichte des FDNY. Dass etliche Feuerwachen im größeren Umkreis von Manhattan zur Unterstützung angefordert würden, leuchtete ihr unmittelbar ein. Schon im Februar 1993 kam Thomas zum Einsatz, als sie beim Bombenanschlag in der Tiefgarage des Welthandelszentrums ausrücken mussten. Im Vergleich zum heutigen Schwarzen Tag des Elften Septembers hingegen, lediglich achteinhalb Jahre danach, kamen sie damals glimpflich davon. Dies ließ sich unschwerlich den grausigen Fernsehbildern ablesen. Aber, dass ihr Mann nun da …

›Also, jetzt brauche ich aber auch eine‹, stupste sie dann Monika an und bat sie um eine Zigarette.

Ihr zwei reichend, erwiderte diese: ›Na, nehmen wir mal nicht gleich das Schlimmste an. Hast du es eigentlich schon mal probiert?‹

›Was probiert?‹

›Ihn anzurufen.‹

›Nein, könnte ich aber mal‹, erwiderte Claudia wie selbst überrascht, dass sie nicht längst selbst auf die Idee kam und kramte bereits nach ihrem Schlüssel für den Spind. Unmittelbar durchzogen Ausführungen ihren Sinn, welche Thomas am Familientisch erzählte, davon, wie 90 Prozent aller Todesfälle bei Hochhausbränden auf Rauchvergiftungen zurückzuführen waren. So wie die Türme rußschwarz qualmten, schmolz die Chance der Menschen oberhalb der Einschussstellen, gerettet zu werden, mit jeder Minute, die verging, wie Frühlingsschnee an der Sonne dahin. Da nützte auch die isolierende Feuerschutzschicht nicht viel, die anscheinend beim Bau der WHZ-Türme extra aufgetragen worden war. Denn wie Thomas, nach dem ersten Anschlag 1993, noch so halbwegs beruhigend erklärte, verlor Stahl, eine metallische Legierung aus welchem die Türme vornehmlich gefertigt waren, zwar erst bei 800 Grad seine Festigkeit, respektive, erreichte je nach Legierungsanteilen erst bei 1536 Grad seinen Schmelzpunkt, doch welcher Mensch hielt dies aus, wenn der Fußboden nur *annähernd* solche Rekordtemperaturen erklomm? Damals, im tiefen Aberglauben des europäischen Mittelalters, glaubten Menschen noch an eine buchstäbliche Feuerhölle nach dem Tod, heute *erlebten* diese Menschen da oben einen solch Hölle ähnlichen Zustand davor!

Aber für das alles, war ihr Thomas zu fit! Beruhigungstablette Nummer zwei. ›Du kannst dir nicht vorstellen, Monika, was die alles herumschleppen müssen! Kein Wunder tut Thomas alles, um körperlich im Strumpf zu bleiben! Ich durfte selbst mal auf der Wache einen Rucksack schultern, das heißt, versucht habe ich es, aber nichts hingekriegt. Fünfzig Kilo ohne weiteres!‹ Ersatzflaschen mit Sauerstoff, schweres Werkzeug wie Äxte, Brechstangen, Haken, Spaten, Seile, Schläuche, Stablampen, Megaphone sowie Funkgeräte. Sogar Monikas Augen zeigten bei dieser Aufzählung Erstaunen: ›Im Ernst?‹ ›Ja, klar‹, entgegnete Claudia, ›denen wird alles abverlangt. Aber auch geistig-mental müssen die auf Vordermann sein.‹ Monikas herrschaftlicher Mutterbusen wackelte dabei, als sie hüstelte und meinte: ›Na, ich denke, vor allem dies macht es aus! In brenzligen Situationen braucht es insbesondere den geistigen Stiegenmeister. Wenn die da oben jetzt die Nerven verlieren … Na, meldet er sich?‹

›Nein‹, erwiderte Claudia nüchtern. ›Ich habe es nun fünf Mal probiert, aber er geht nicht dran. Sicher eine wichtige Besprechung oder so was.‹

›Ganz bestimmt‹, meinte Monika ruhig, starrte Claudia kurz an, derweil sie versuchte, einer neuen Zigarettenpackung den roten Verschlussfaden wegzureißen. ›Verflucht, warum geht denn der heute nicht weg?‹

So gegen zwölf Uhr, in der Mittagspause, wurde Claudia dann doch etwas zappelig, fand, dass Thomas doch bestimmt mal kurz Zeit fände, um wenigstens einen Funk zu geben. Einen Zwischenbericht, ein Lebenszeichen oder was auch immer. Er wusste doch, dass sie darauf wartete! Und falls nicht, würde er dies doch an ihren fünfzigfachen Anrufversuchen erkennen! ›Seltsam‹, meinte sie zu Monika, welche von einer bräunlichen Wolke eingehüllt war, ›also, Thomas hätte doch bestimmt Zeit, sich mal kurz zu melden oder immerhin ein SMS zu schicken wie sonst auch, wenn er beschäftig ist.‹ Wiewohl Monika Claudias besorgten Blick auffing, sagte sie möglichst unbekümmert: ›Mach dir nicht unnötig Sorgen, Claudia, das kommt schon gut. Du wirst sehen!‹ Als kompakte Person, sperrig im Wesen wie gütig unter der rauen Schale, scharfzüngig, wenn es die Situation bedingte, aber als vordem dreifache wie gattenlose Mutter überzeugt, dass nur die nackte Wahrheit letztlich dem Leben standhielt, strahlte sie doch eine Authentizität aus, welche ihr zugleich Autorität verlieh. Mitunter war jedoch Vorsicht doch die bessere Option, insbesondere, wenn das Gegenüber nicht gleichgeartet war. ›Wenn dein Thomas im Dienst ist, ist er eben Feuer und Flamme‹, sagte sie lächelnd.

›Das hast du schon oft gesagt. Und das stimmt ja auch. Die Wache ist sein Leben, sein zweites Zuhause.‹

Doch, so sehr sich Claudia selbst mit nichtsbedeutenden Faseleien einlullte, um das Undenkbare auf Distanz zu halten, so sickerte dennoch ein böser Verdacht durch. Nachmittags ging es erst richtig los, riefen besorgte Freunde an, ›Du? Wo ist denn Thomas? Alles in Ordnung bei ihm?‹, ›Thomas ist doch bei der Neu Yorker Feuerwehr, alles klar da unten?‹, erkundigten sich Bekannte wie Nachbarn. Als Biggi nach Hause kehrte tauschten sie zunächst lediglich leere wie fragende Blicke aus, dann:

›Wo in aller Welt ist Papa? Wo steckt er denn nur? Müsste er nicht längst zu Hause sein?!‹ ›Warum kommt denn Thomas einfach nicht?! Er weiß doch, dass wir alle auf ihn warten! Das Essen wird kalt!‹ ›Warum nimmt er denn das Telefon nicht ab? Wieso weiß niemand auf der Wache Bescheid?‹ ›Wieso geht denn da niemand ans Telefon ran?‹ ›Endlich!‹ ›Ach, da herrscht heilloses Chaos. Alles überfordert?!‹ ›Was?! Viele Verluste?‹ ›Und Thomas Sanders? Was ist mit ihm?‹ ›Keine Ahnung?!‹ ›Hm, wissen die nicht mal, wo ihre eigenen Leute stecken? Was ist denn das für ein komischer Laden?!‹ ›Ah, sie sind dran, okay.‹ ›Natürlich verstehen wir die außergewöhnliche Situation, absolut! Es ist halt nur, dass wir uns zuhause ernsthafte Sorgen um ihn machen. Da darf man doch etwas nervös werden, nicht?‹ ›Klar, ist doch mehr als verständlich.‹ ›Wahnsinnstag!‹ ›Ein verfluchter Tag würde ich meinen.‹ ›Uns auch.‹ ›Einfach schrecklich!‹ ›Geht uns allen so.‹ ›Tut mir furchtbar leid.‹ ›Sobald wir mehr wissen, kriegen Sie selbstverständlich Bescheid, Frau Sanders.‹ ›Dankeschön!‹ ›Ach, ja, vielen herzlichen Dank, und viel Kraft und Mut euch allen!‹

Währenddessen wurden in etlichen Vorgärten erste US-Flaggen hochgezogen oder aus dem Fenster gehängt, Zeichen eines persönlichen Verlustes oder nationaler Solidarität. Selbst Ausgaben, welche seit Jahren nichts anderes als ein ödes Kellerdasein gefristet hatten, teils noch im Plastik originalverpackt, befanden sich darunter. Ihre in tiefe Betroffenheit sowie Trauer getränkte Botschaft: ›Spätestens ab heute sind wir *alle* Amerikaner!‹

Ψ Ψ Ψ

»Na, was meint ihr? Zeit aufzubrechen?«, fragte Claudia, nachdem sie einen flüchtigen Blick durch das Fenster des Badehausbistros auf das schwarzblaue Meer geworfen hatte. Die angekündigte Wetterberuhigung hatte sich draußen definitiv durchgesetzt.

Christina, welche soeben von der Toilette zurückkehrte, erwiderte unmittelbar: »Ja, würde ich auch sagen. Sonst wird es noch spät, und Lyke erwartet uns bestimmt schon. Kommst du mit uns mit, Eric?«

Naserümpfend ließ der verlauten: »Heute weniger. Habe mit Kumpels abgemacht, beim Rockaway.« Beim Aufstehen berührte er Biggi von hinten, als er sich durch die eng bestuhlte Reihe zwängte. Biggi glaubte, förmlich von seiner ganzen Statur eingenommen zu werden, als er noch beide Hände auf ihre Schultern abstützte und sie seinen festen Druck verspürte. »Fahr‹ dann mal raus zu den Kumpels«, sagte er, neigte sich dabei zu Biggi runter.

»Zum Rockaway?«, fragte Biggi.

»Ja, willst du mitkommen?«, fragte Eric, dieweil sich das Grau seiner Pupillen weitete. Stutzig trafen sich Claudias und Christinas Blicke.

»Nein, danke, ich fahr mit Mutter zurück.«

»Hm, okay«, brummelte er enttäuscht. »Ein anderes Mal dann.«

»Klar.«

Als er durch die Tür enteilte, rief ihm Claudia nach: »Eric, vergiss deinen Hund nicht!« Breites Grinsen in den Antlitzen ihrer Töchter brachte sie selbst zum Lachen. ›Dieser Eric‹, dachte sie, ›naja.‹

Ψ Ψ Ψ

Krämpfe und Tänze im Hause Sanders in Nyack

Michael und Lyke Sanders› dunkelrotes Backsteinhaus stand in einem älteren Quartier in Nyack. Der jedes Jahr wieder auf strahlendweiß getrimmte Gartenzaun, das dazu passende Willkommen-Schild auf Holländisch am Gartentor, luden bereits von weitem zum Eintreten ein. Der Briefkasten war so ein futuristisches Ding aus Blech, eine Eigenkonstruktion von Michael, erinnerte irgendwie an einen Hangar aus Science-Fiction-Filmen der 1930er-Jahre. Eigentlich passte er nicht so ganz zum vorherrschenden Stil. Aber er war seit undenklichen Zeiten nun mal eine eingebürgerte Erscheinung im Nachbarschaftsbild. Diejenigen, welche sich anfangs am meisten daran stießen, ließen den größten Aufschrei erklingen, als Michael ihn nach Jahren abwracken wollte. Und so blieb die Originalität bestehen.

Lyke war wie Claudia in Europa aufgewachsen, das heißt, in der niederländischen Hauptstadt Amsterdam. Der *Damm* am Fluss *Amstel* verhalf letztlich der Meeresstadt zu ihrem Namen. Nach der Ausbildung zur Werbefachfrau zog es die knapp Zwanzigjährige in bereits jungen Jahren in die nahe Ferne, flussaufwärts in die Schweiz, hatte sie zunächst einige Jahre in einem Vorort von Basel gelebt, in Reinach. Bei einem einwöchigen Skiurlaub in Zermatt lernte sie dann ihren späteren Mann Michael kennen. ›Rechts überholen verboten, der Herr‹, rief sie dem kecken Skifahrer auf der Piste ebenbürtig keck nach. Der hielt zunächst etwas weiter unten am Pistenrand an, merkte sich im Widerschein seiner dunkelbraun getönten Sonnenbrille breitlächelnd das ungehaltene Fräulein, um unmittelbar darauf die gemeinsame nächste Fahrt mit dem Sessellift einzufädeln. ›Rechts sitzen wird wohl erlaubt sein?‹, meinte er grinsend in seinem breiten amerikanischen Akzent. ›Solange Sie dabei nicht rechts überholen, ist mir das recht‹, entgegnete Lyke wie aus dem Handgelenk und dem ihr eigenen Schalk in den Augen. Es war für jedermann unübersehbar: dieser groß gewachsene gedrungene Frechdachs gefiel ihr so frank wie frei.

Ihr schulterlanges aschblondes Haar wiederum, gerade wie Bindfäden und dieselbe Geradlinigkeit wie ihr Charakter aufweisend, die Feinheit ihrer Gesichtszüge erregten indes seine Aufmerksamkeit, auf Anhieb. Wie nicht minder ihre grünlichen Augen mit dem allesdurchforschenden und Lebensklugheit vermittelnden Blick, welcher selbst Unverfrorene wie ihn scheibchenweise auseinandernahm, um sie in der Folge im Gedankenlabor ihrer Überlegungen einer schonungslosen Analyse zu unterziehen. Wie er zwar erst später noch realisieren sollte, tat es ihm Lykes ausgesprochen ausgeglichenes Gemüt mit diesem Schuss belebend-erfrischenden Humors nicht umsonst prima Vista an. ›Aha, jetzt ist wohl alles klar‹, meinte er, als sich Mutter Nari und Schwiegertochter zum ersten Mal gegenüberstanden und gegenseitig erfreut die Hände schüttelten. Und, ach ja, dabei nicht zu vergessen, der gemeinsam geschmachtete Blick aufs hellglänzende Matterhorn vor winterblauer Kulisse tat den Rest; Horn der Verliebten nannten sie es nunmehr in ihrem hausinternen Fachjargon.

1975 erfolgte die Heirat, der Bezug des Hauses in Nyack, 1976 die Geburt von Nicolaas und vierzehn Monate darauf Töchterchen Amber. Man könnte die Schar Gäste gar nicht einzeln aufzählen, welche in diesem offenen Haus in den vergangenen Jahren und Jahrzehnten ein und ausgegangen waren. Zu den verwandten Sanders gesellten sich etliche Freunde wie Besucher aus aller Herren Länder, darunter transatlantische wie transpazifische Kontakte. Zwar gestalteten sich früher gesellschaftliche Verknüpfungen mitunter etwas schwierig, da Michael wie sein Bruder Thomas oft ›schichten‹ musste. Aber das hinderte sie nicht daran, rege Außenkontakte zu pflegen. Auch dann nicht, als die zwei Kinder längst erwachsen und ausgezogen waren.

Ganz reibungslos strichen indes auch bei ihnen die Jahre nicht vorbei.

Das einstige Vorbildkind Nicolaas rutschte eine Weile lang während der Collegezeit in eine fragwürdige Gesellschaft ab, was sich eines Tages zum großen Schrecken der Eltern nicht nur in Form von gegelten Haaren, die buchstäblich zu Berge standen, äußerte, sondern obendrein in intensivem Haschisch- wie Marihuanakonsum. ›Was ist denn das für ein süßlicher Duft hier drin?‹, wunderte sich Michael eines Tages, als ihn seine Nase zum Jugendlichenzimmer hinführte. Ein lümmelnder wie nicht mit Mäkeleien sparender Halbwüchsiger hing ihnen Obergrufties, wie er sie mit Vorliebe nannte, fortab in den Ohren. Da läuteten folglich im liberalkonservativ gemischten Hause Sanders die Alarmglocken Sturm, so wenig dies nützte und schon gar nicht Eindruck machte.

Amber verbrachte ihre halbe Jugendzeit als Schwarzromantikerin, wie sie auf ihrer von nun an morbid ausgelegten Identitätssuche eingestuft werden wollte. Der selbstgewählte Subkult ewiger Vergänglichkeit und Todesanhängerschaft schlug sich beispielsweise in rußschwarzem Gotik-Stil nieder: leichenblass gepuderte Gesichtsfarbe, perfekt schwarzlackierte Fingernägel, Trauerweidenfrisur, ausrasierte Streifen bei den Schläfen, ein schwarz-rot-violett und blond gefärbter Zopf, schön zur Seite gelegt, in der Endphase ein Hexenhut, die szenenobligate Vollbehängung mit allerlei Krimskrams wie Petrus- oder Ankh-Kreuzen, Piercing, tonnenweise silberne Armreifen, Rosenkränze, Hühnerknochenketten, weite Reifröcke mit Kragenhemd und Miedergürtel aus Brokat, Samt, Spitze und Chiffon, Ledermäntel sowie Gruftistiefel, eben alles, was zur standesgemäßen Inszenierung des Horrorhaften unabdingbar war. Dann, in einer weiteren Entwicklungsphase zur Endzeitromantikerin hin, mehr Schwergewicht auf filigrane Gesichtsornamente, Broschen, Diademe, Samthalsbänder wie reich verzierte Faltfächern und Spitzenhandschuhe. Eine Zeitlang lang mutierten Gewitterhexenbücher zur Lieblingslektüre; Diskussionen in ausgeklügelter Gottesackerphilosophie rundeten zusammen zu den Klängen Gotischen Rocks das Bild ab. Musik spielte beim Eintauchen eine zentrale Rolle.

›Ästhetisch, friedlich, aber für mich unnahbar‹, meinte Lyke stutzend auf Ambers Einwand, dass die Gotik-Szene weder gemeingefährlich noch gesellschaftsgefährdend sei. ›Wir machen uns eben Gedanken, Mama, nicht nur über das Mysterium des Lebens, sondern genauso über den Tod, ein Faktum, das uns alle unausweichlich irgendwann trifft. Man kann das Leben lediglich begreifen, wenn man sich mit dem Tod auseinandersetzt. In dieser Beziehung werden wir von vielen Leuten total missverstanden!‹ ›Aber, woher kommt denn diese Faszination für den Tod?‹, wunderte sich Lyke unentwegt, ›junge Leute wie du stehen doch am Anfang des Lebens, sollten sich doch des Lebens erfreuen.‹ Genervt griff sich Amber jeweils an den Kopf, sagte: ›Tun wir ja eben gerade, Mama! Kapierst du denn das nicht? Vielleicht tun wir es sogar noch viel bewusster als andere, die nur in den Tag hineinleben und voll auf materialistisch machen.‹ ›Hm, weiß nicht‹, meinte Lyke achselzuckend, ›mit diesem Grabesmief kann ich beim besten Willen nichts anfangen, erinnert mich unangenehm an Kellergewölbe aus der Kindheit. Außerdem, dein ganzes Kinkerlitzchen da ist auch nicht gerade ganz billig. Und wer bezahlt das, bitteschön?‹ Ambers verständnisloses wie verachtungsvolles Achselzucken war ihr dann jeweils gewiss, wenn sie auf die Realität hinwies.

Bei Vater Michaels konservativem Weltbild stieß dieses Gebaren auf noch weniger Zuspruch. ›Schon alles etwas seltsam, was da mit unsern Kindern vor sich geht‹, meinte der, zugleich sich in Selbstbeherrschung übend, da er den ganzen Ramsch, wie er ihn nannte, am liebsten gleich im hohen Bogen aus dem Fenster entsorgt hätte. ›Gaben wir unsern Kindern denn ein dermaßen schlechtes Vorbild ab oder war etwa unser Familienleben so völlig von der Schippe?‹ Eine Erklärung suchend, meinte Lyke: ›Vielleicht waren wir doch zu streng!‹ ›Oder zu lasch!‹, so Michaels prompte Erwiderung. ›Oder beides, immer am falschen Ort und zur falschen Zeit.‹ Hart auf die Probe gestellt, sagte Michael dann: ›Na, toll, Lyke, haben wir jetzt alles nur falsch gemacht?! Ich kann mir beim besten Willen nicht vorstellen, was wir hätten anders machen sollen! Diese wohlstandsverwöhnte Gesellschaft da hat ja Großvater nicht erlebt! Ich sage dir: Früher, bei uns zuhause, da herrschten noch Zucht und Ordnung! Wie es sich im Militär gehört! Da hätte es sowas nicht gegeben! Vater würde sich ja endlos im Grabe umdrehen, wenn er heute seine Enkel sähe! Eigentlich ein Glück für ihn, dass er vor fünf Jahren abgetreten durfte.‹ Von der Maßlosigkeit seiner Reaktion verärgert, entgegnete Lyke im Versuch, nicht die Fassung zu verlieren: ›Na, jetzt übertreibst du aber maßlos, Michael! So schlimm ist es jetzt auch wieder nicht! Und ehe wir uns noch ganz hintersinnen, warten wir's doch einmal ab.‹ Ein Klang Resignation war unüberhörbar. ›Das kann sich ja nur um einen jugendlichen Jux handeln.‹

Eine permanent im Raum stehende Frage, welche Lyke dennoch intensiv quälte, war indessen, ob sie als Eltern nicht gerade versagt, aber allenfalls unbewusst Dinge auf ihre Kinder übertragen hatten, welche sie selbst von sich wiesen. In der modernen Gesellschaft wurden doch unliebsame Prozesse wie Altwerden, Sterben und Tod vehement ausgeklammert, vom Alltag verbannt. Spaß- und Konsumgesellschaft war angesagt, der ganze Jugendwahn. Und ganz entzogen hatten sie sich dieser Welle ja auch nicht, wenn sie ehrlich mit sich ins Gericht gingen. Gerade Michael kämpfte hart darum, als jugendlich und knackig zu gelten. Keinesfalls als Alteisen abgestempelt zu werden. Entsprach etwa die Gotik-Bewegung nebst dessen klassischen Jugendrebellionscharakter nicht unmittelbar einer Gegenströmung, welche sich nunmehr auf schaurig-düstere Weise manifestierte? Ein sozusagen apokalyptisch angehauchter Protest gegen die um sich greifende Sinnentleerung, Oberflächlichkeit und dem Nihilismus? Versteckte sich dahinter lediglich eine Nekrophobie, die krankhafte Angst vor der eigenen Endlichkeit, der man so in einer Art Schmusekurs die Stirn bieten wollte?

Nun, sämtliche Bedenken lösten sich von selbst auf, liefen die für die Grufties nicht nachvollziehbaren Entwicklungen der Jungmannschaft eines Tages ins Leere. Nicolaas schmiss sein Süßgras und was sonst noch alles verraucht wurde weg, traf nach dem Schulwechsel neue Leute, legte einen Ehrgeiz an den Tag, den selbst Michael aufschreckte. Computerwelten wie Multimedia verzückten fortan Nicolaas Leben, wurden das ganz große Ding in seinem Lebensprogramm. Der Internet-Tsunami raste nun gerade erstmals global um den Planeten, mit ihm ganz vorne dabei. Amber stieg eines 08.15-Sonntags mit großen Kisten in ihr Zimmer hinauf, bugsierte alles rein, was ihrem Ermessen nach ›nicht mehr zu mir gehörte‹ und gewährte nun auf einmal bunten Farben Einlass in ihr Leben. ›Runter mit dem schwarzen Zeugs!‹, ließ sie dabei verlauten. Als ihr neuster Freund eines Nachmittags auf die Matte trat, konnte sich Lyke eines gewissen Schmunzelns nicht erwehren, denn bleichrote Hosen, grüngefärbte Haare, ein umgehängter Jutesack wie ausgelatschte Jesussandalen waren nun mal kein alltäglicher Anblick. Drei Monate dauerte die Liebelei, ehedem ihre Familienwelt wiederum einer Nagelprobe unterzogen wurde. Diesmal indes galt es ernst, wirklich ernst!

Denn, als sich nach den geschlagenen Kapriolen das Leben wieder auf eine gemäßigtere Bahn geeinigt zu haben schien, erfolgte der nächste Schlag, wie als ob es nur darauf gewartet hätte. Michael verunglückte zwei Monate vor dem Millennium bei einem Arbeitseinsatz, fiel drei Meter rückwärts von einer vermeintlich gesicherten Leiter. ›Glück im Unglück gehabt‹, meinte der Arzt lakonisch, ›Sie könnten querschnittgelähmt sein, Herr Sanders! Die Invalidität sowie der Handstock werden Ihnen indes fortab treue Begleiter sein.‹ ›Na, schöne Aussichten‹, brummelte Michael staubtrocken, ›jetzt werde ich quasi ausgemustert, mit siebenundvierzig.‹ ›Nun, da solltest du für einmal auf den Arzt hören, Michael‹, befand Lyke, heilfroh darüber, dass sie ihr Leben nicht mit Witwenvorhängen zuhängen musste. Nach einem griesgrämigen Start pendelte sich nach einem Jahr der Neu- oder vielmehr Desorientierung und nicht minder blanker Nerven immerhin so etwas wie ein Normalfall ein, entdeckte Michael neue Beschäftigungsmöglichkeiten, unter anderem den Drachenfliegenbau. Den eigentlichen Wendepunkt indes führte der Wanderurlaub im Südostteil des kanadischen Felsengebirges herbei. Was Michael dort unversehens wieder aufrichtete, nämlich die Erfahrung, dass viel mehr möglich war, als er befürchtet hatte, knickte Lyke wiederum ein, wenn auch auf einer ganz anderen Ebene. Ja, und dann kam ohnehin der ominöse Tag, der alles und alle umstülpte, der Elfte September 2001.

Ψ Ψ Ψ

Jim Schönberg

Selbst jetzt, in der Kühle des Novembers mit seinen skurrilen Baumgerippen, vermittelte Sanders Liegenschaft in Nyack einen einladenden Eindruck, erfüllte umschweifender Duft heißen Glühweins, frischen Lebkuchengebäcks sowie eines räuchernden Kaminfeuers die bittere Luft. »Michael? Sie kommen!«, rief Lyke in den Keller hinunter, als sie beim Vorabwasch einen kurzen Blick durchs Küchenfenster warf. Als dann die Sanders aus Suffern in der warmen Diele standen, sich der Jacken, Schuhe, Wollmützen wie Schals entledigten, stieg Michael mit seinem Besucher die Stiege aus dem Keller herauf, offenbar verwickelt in eine angeregte Unterhaltung. »Darf ich euch vorstellen«, sagte er, nachdem er die frisch eingetroffenen Besucher begrüßt hatte, »dies ist Jim Schönberg, ehemaliger Kumpel von mir, von der Feuerwache in Beacon.« Jim trat nun einen Schritt aus dem Halbdunkel des Treppenabsatzes hervor. »Jim, dies hier ist Claudia, meine Schwägerin, von der ich dir erzählt habe, und dies sind ihre Töchter Christina und Biggi. Jim ist gerade auf dem Weg zur Arbeit«, fügte er an.

Claudia reichte als erste die Hand, schoss geradezu hervor: »Freut mich, Jim. Habe schon von dir gehört. Endlich lernen wir uns kennen.«

»Beruht auf Gegenseitigkeit. Die Freude ist ganz meinerseits«, entgegnete Jim, begrüßte Claudia händeschüttelnd und mit einem Strahlen auf dem Gesicht.

»Ist Eric nicht dabei?«, fragte Michael verwundert, warf einen wandernden Blick in die Runde.

»Nein, er wollte noch an den Rockaway surfen gehen«, sagte Claudia, während sie die Jacke auszog und in der kleinen Garderobe aufhängte.

»Ja?«

»Die haben natürlich super Wellen heute. Und die wollte er sich nicht entgehen lassen.«

»Offenbar nicht«, brummelte Michael. »Na ja, warum nicht.« Sein Gesichtsausdruck ließ einiges an Unverständnis erkennen. »Einerseits verständlich, beim heutigen Wetter, aber andererseits, wozu hat er denn eine Freundin?«

»Nun ja«, sagte Claudia leise, warf einen flüchtigen Blick zu Christina rüber.

Diese war indessen anderweitig beschäftigt, mit intensivem Studium. Doch diesmal nicht mit trockener Materie, sondern mit Michaels Gast. Der war von unübersehbar stattlicher Statur, strack gewachsen wie gleichwohl kräftig gebaut, was nebst sportlichen Ambitionen unter anderem mit der körperlich anspruchsvollen Arbeit als Feuerwehrmann zusammenhing. Nussbraunes festes Haar, auffallend ebenmäßige Gesichtszüge mit Hang zu Dominanz, verursacht durch einen langgestreckten Nasenrücken, ungewöhnlich große Augen, blaugrau, welche unersättliche Wissbegier verrieten, keinen Bereich des Lebens auslassend. Eine auffällige Narbe oberhalb seiner linken Augenbraue deutete auf ein einschneidendes Erlebnis in der Vergangenheit hin. Nahezu magisch zog sie unmittelbar die Aufmerksamkeit des Betrachters auf sich. Altersmäßig bewegte sich dieser Jim über die Dreißig, war, wie sich noch herausstellen sollte, satte vierzehn Jahre älter als Christina. Sie war als letzte hereingekommen, stand nun hinter den anderen und beäugte den Unbekannten einlässlich. Vom Scheitel bis zur Sohle, analysierte akribisch und in Blitzesschnelle jedes einzelne Detail seiner Erscheinung, wog ab, taxierte, verglich mit allen Vorläufermodellen, welche unmittelbar allesamt kläglich durchfielen angesichts der neuen gewaltigen Realität, die sich ihr darstellte, ja, vermochten nicht mal im Ansatz das Wasser zu reichen. Zwar gehörten für sie Männer in Jims Alter bereits zu einer älteren Garde, die sie kollegial überaus schätzte, in der Regel jedoch eher einer anderen Altersstaffel zuordnete.

Dieses Mal hingegen, war es *anders*.

Ganz anders!

Christina fühlte sich auf Anhieb vom Charme und dem geistreichen Wesen, über welches dieser Jim Schönberg augenscheinlich verfügte, wie magisch angezogen. Ohne je ein Wort zuvor mit ihm gesprochen zu haben, keimte unmittelbar das Gefühl in ihr auf, etwas ganz Spezielles zu sein, *die* Frau, auf welche er sein Leben lang insgeheim gewartet hatte und der Zufall nun zusammenführte. Zwar vermittelte er den Eindruck, in einer Beziehung dominieren zu müssen, womit sie indes gut leben könnte. Würde er in seiner Führungsrolle respektiert, gäbe es bestimmt nicht viel Streit, zeigte er sich tolerant und großzügig. Wäre er wie ihr Vater allenfalls etwas launenhaft, ungeduldig? Bisweilen grollend, wenn ihn sein Gegenüber enttäuschte oder er zum Schluss kam, seine Zeit zu verschwenden? Bestimmt war er ehrgeizig genug, das Maximum aus den siebzig, achtzig Jahren herauszuholen, über welche der Mensch in der Regel verfügte. Mitunter etwas unverbindlich, lieber auf vielen Hochzeiten tanzend? Denn, wie dies unübersehbar zu erkennen war, war dieser Kerl eine höchst attraktive Erscheinung, was bestimmt nicht nur auf sie so einwirkte. Insofern wären alle Kriterien des klassischen Casanova-Typen erfüllt, der seinen naturgegebenen Vorteil nicht ungenutzt an sich vorüberziehen ließ. Und dennoch, musste sie sich so frank wie frei eingestehen: was immer er sagen würde, sie hing jetzt schon an seinen Lippen, schlimmer als wie eine Fliege auf der klebrigen Fangspur. Zumindest raste eine Schauerwelle nach der anderen durch ihren Leib, erfasste sie vom Scheitel bis zur Sohle. Wenn dies kein untrügliches Zeichen war! Gottseidank stand Eric nicht neben ihr. Wobei: und wenn schon, so, wie sich der vorhin im Badehaus aufgeführt hatte! Dachte wohl, sie hätten seine Anbaggerversuche bei Biggi nicht mitbekommen.

Als dann Jim Christina als letzte obendrein noch die Hand reichte, die erste physische Berührung, gab es ihr vollends den Rest. Mein Gott! War so ein intensives Gefühl überhaupt menschenmöglich oder wurde sie soeben Opfer einer Sinnestäuschung? Einer Art Drogenrausch, wie dies ihr Vetter Nicolaas in seiner ungestümen Aufmüpfphase anscheinend erlebt und ihr in allen Einzelheiten geschildert hatte? Damals rümpfte sie nur verächtlich die Nase ob dessen seltsamer Ausflüge. Doch wenn sein mystisches Erleben dabei nur annähernd ihrer Wahrnehmung dieses Jim Schönbergs entsprach, nahm sie gerne jegliche Kritik umgehend zurück, zumindest, was sein Glücksempfinden anbetraf. Und jetzt hielt ER noch einen auffällig langen Augenblick inne, ließ ihre Hand nicht sofort los, wie um etwas Zeit zu gewinnen, oder so.

»Kennen wir uns irgendwoher?«, schnurrte Jim wie ein selbstbewusster Kater und stirnrunzelnd zu ihr herab, denn er überragte sie um einen ganzen Kopf.

Hochrot anlaufend und vielmehr wie ein eingeschüchtertes Mäuschen verlegen piepsend, brachte Christina nur ein gehauchtes: »Ich glaube nicht« hervor. Ihr Versuch, ihre Hand vorsichtig zurückzuziehen, um die Situation nicht gänzlich in Peinlichkeit versinken zu lassen und sich dabei irgendeine Blöße zu geben, scheiterte an Jims männlich gehärtetem Widerstand. Unmittelbar stieg die leise Hoffnung in ihr auf, dass dieser Jim gleichsam ein Interesse für sie hegen könnte wie sie für ihn. Diese Vorstellung war zwar irgendwo kindisch, wenn nicht sogar idiotisch. Warum sollte er auch? Er ein reifer Mann, sie ein unbescholtenes Jungchen. Doch dieser Jim Schönberg – allein schon dieser klangvolle sanft gewölbte deutsche Name – mit dem weichen und dennoch kräftigen Händedruck, der nicht nur ihre Hand zu vereinnahmen schien, sondern sich zugleich ihre ganze Existenz einverleibte, löste ein neuartiges, noch nie gekanntes Gefühl in ihrem Herzen aus. Dagegen war Eric nie mehr als ein Kumpel, ein sympathischer zwar, aber eben, kein verlässlicher Partner und schon gar kein Ehemann. Bei diesem Jim hingegen erwachte trotz aller depressiven Anflüge vergangener Monate unmittelbar ein elektrisierendes Gefühl der Lebendigkeit in ihr. Wenn Ausdrücke wie *bedingungslose Hingabe* bis anhin nicht aktiver Teil ihres Wortschatzes gewesen waren, so trat jetzt der Punkt ein, wo sich dies blitzartig änderte. Instinktiv wurde ihr unmittelbar klar, dass unter Umständen heute, in diesem Augenblick, ihr Morgen für immer verändert würde!

»Das heißt, ich wüsste gerade nicht woher«, fügte sie räuspernd an. Eine innere Stimme rief ihr zwar in diesem Augenblick wie ein Kassandra-

Ruf laut zu: Komm, vergiss es, Christina Sanders! Dieser Typ, dieser verwöhnte und oberflächliche Großstadt-Tiger hat nie im Leben irgendein Interesse an dir! Dir kleinen unscheinbaren Vorstadtmaus! Spar dir die Enttäuschung, Dummchen!

»Hm«, raunte Jim gurrend, wie um mehr Zeit zu gewinnen, ließ sein strahlendes Lächeln in ihren Augen wie Vollmondfeuer flackern.

Indessen öffnete sich unmerklich etwas sein Mund, denn sein Atem war heiß, sein Blut kochte, stockte in seinen Adern. Unmittelbar hatte er gespürt, wie ein jäher Stromschlag seiner Brust einen stechenden Schmerz versetzt hatte, währenddessen seine Finger die Hand dieser wundersamen Erscheinung berührten. Ihm war, als ob die Lethargie seiner ausgezehrten Gefühlswelt, die ihn seit dem tragischen Tod seiner Freundin Sandy vor vier Jahren wie in einer festverschweißten Tiefkühltruhe gefangen hielt, nun urplötzlich aufgebrochen worden würde. Etwas Unbekanntes riss ihn abrupt aus seiner inneren Starre, die er bereits zum Credo seiner restlichen Lebensspanne erhoben hatte. Als ob endlich, nach ungezählten Jahren arktischer Dunkelheit und gefühlsmäßiger Einbrüche in trügerisches Eis, nunmehr auf einen Schlag flammende Nordlichter den Bann seiner Dunkelheit brachen. Dabei unverhofft einen surrealen Zauber auf sein erhelltes Antlitz warfen, seine mehrfach gefurchte Seele in vornehmlich grellgrünen Farben und in aufgerichteten wellenförmigen Bewegungen durchwaberten, wie anmutig flackernde Vorhänge aus barem Nordlichtfeuer. In seiner gefrorenen Seele schloss er für einen Augenblick die nun auftauenden Augen, atmete durch, ganz tief, ließ den unerwarteten Wärmeschub in sein Innerstes gleiten, nicht ohne Folgen. Denn sogleich fing alles in ihm an zu schlottern, durchfuhr ein unangenehmer Schmerz die auftauenden Glieder, ein rasendes Kribbeln. Eine Erfahrung, die ihm wohlbekannt war, als er einmal bei einer Übung auf dem winterlichen Eis des Hudsonflusses kurz eingebrochen war. Nicht ganz unähnlich geschah ihm nun bei der Begegnung mit dieser jungen Frau. Wie wenn verkrustete Gefühlsschollen in ihm aufsplitterten und in den dunklen Eiswassern seines Herzens *endlich* der so langersehnte Kanal, hinaus in die Freiheit, die er so liebte, freigegeben würde, so fühlte sich der Anblick dieser geheimnisvollen Christina Sanders an. Dieser Frau, deren Hand er festhielt als ob es die letzte Chance seines Lebens wäre, die ihn mit ihren verzaubernden Augen so anblickte, wie ihn vermutlich noch nie zuvor ein weibliches Geschöpf mit Glück erfüllt hatte.

Doch es war noch nicht ganz vorbei, wie er gleich feststellen musste.

In einer Art Blitztraum malte sich nun Jim in zurückhaltendem Himmelsblau aus, wie Christinas Hand zärtlich liebkosend seine linke Schläfe wie Wange berührte, dann langsam hinunterglitt, über die vernarbte Stelle und den in verwegener Eitelkeit kurzgehaltenen Bart mit seinen sauber geschnittenen Konturen. Dann sogleich weiter über seine vom vielen Sport und Krafttraining sehnig aufgequollenen Halsadern sowie die dadurch stark ausgewölbte Brust, bis sie sein japsendes Herz erreichte, um dort mit einem bejahenden sanften Druck ruhen zu bleiben. Infolgedessen wärmte und, über allem, auf wundersame Weise sein verlorenes Herz *heilte*.

Die Natürlichkeit dieser Christina Sanders, dieses gerüttelte Maß unbedarfter Arglosigkeit, ja Unschuld, haute ihn glatt um. Seit dem plötzlichen Verlust seiner Frau hatte er sich daran gewöhnt, nichts mehr an ihn herankommen zu lassen, was seinem inneren Schmerz hätte gefährlich werden können. Die zahlreichen amourösen Abenteuer seither brachten auch nicht die umfassende Befriedigung, ganz im Gegenteil, wie er nachträglich feststellen musste. Oftmals kam der Eilzug nach der aggressiv eingeleiteten Charmeoffensive in Form von Adressenaustausch, Telefonnummer, Anruf, eruptivem Sex und nachträglichem Blumenstrauß jeweils bald zu einem abrupten Halt, stieg er noch so gerne wieder aus. Denn binnen kürzester Zeit verlor er jeweils grundlegend das Interesse. Sobald nach der leidenschaftlichen Anfangsphase mit allem Drum und Dran, darunter auch etwas Spielzeug, das Ansinnen der Frauen nach einer festen Bindung – und dies meldete sich bei ihnen jeweils ungeheuerlich schnell an – an ihn herangetragen wurde, erstarb sein Liebesbedürfnis augenblicklich wieder. Wessen er in den letzten Jahren lediglich bedurfte war der genussvolle kurzfristig angelegte Liebesrausch oder vielmehr das Bedürfnis, trotz alledem heiß begehrt zu werden, und keinesfalls eine ernsthafte Beziehung. Es war ihm klar, dass dahinter eine gute Portion Gefühlsarmut steckte so wie dies ja oftmalig bei Schürzenjägern zu beobachten war, obschon er sich grundsätzlich nicht zu deren Gattung zuzählte. Zumindest nicht im klassischen Sinne, wiewohl das Potenzial dazu bei ihm durchaus in Fülle vorhanden war. Sein großes Kapital war sein ungewöhnlich blendendes, ja, verblendendes Aussehen. Das wusste er genau. Es war etwas anderes, was ihn verstört durchs Leben irren, ihn zum ausgehöhlten Betthüpfer mutieren ließ.

Durch die Versetzung an die Ostküste, weit weg von seiner Heimat Kalifornien, hatte er insgeheim gehofft, seinem vergraulten Leben einen neuen Anstoß oder Impuls zu geben, sozusagen eine Neuausrichtung in anderen Umständen. Doch so einfach, wie er sich dies vorgestellt hatte und es anfänglich auch zu klappen schien, funktionierte die Sanierung dann doch nicht. Nach wenigen Monaten verpuffte bereits die Wirkung des Neuen. Die rostigen Kamellen der Vergangenheit quietschten beim Runterfahren bald wieder im Überdruss seiner Seele, dem Stumpfsinn seines Daseins. Auch hier in Neu York nur wieder: eine flüchtige Affäre nach der anderen, schmissen sich ihm die Frauen reihenweise um den Hals, was er sich zwar nicht ungern geschehen ließ. Welcher Mann sagte da schon nein?! Doch keine schaffte es nur annähernd, seine innere Ödnis zu begrünen. Dazu bot er zwar auch keine Chance. So pilgerte er halt von einer Oase zur anderen, kostete die süßen leicht dargebotenen Datteln, bis ihm schwindlig wurde oder er deren wieder überdrüssig erschien. Dafür hasste ihn mittlerweile eine ganze Reihe von Frauen. Widerspruchslos musste er heute zugeben, dass man die Türe zu sich selbst nicht einfach abschloss und den Schlüssel wegwarf, so wie er sich dies in seiner männlichen Naivität vorgestellt hatte. Typisch Mann eben, kam er jeweils zum Schluss. Männerlogik. Ha! Irgendwo auf einer archaischen Stufe stehengeblieben!

Ungern musste er sich selbst eingestehen, dass er entweder vor etwas davonrannte oder dann hinterher. Was es denn war, wusste er eigentlich ganz genau! Doch wie damit umgehen? Wie sich von der großen Schuld befreien, den Selbstvorwürfen, welche ihn, einem ansonsten selbstbewussten, gestandenen Mann, erstaunlicherweise in die Knie zwangen? Zweifelsfrei war es eine Flucht, sei es vor der verbogenen Lebenssituation oder dem mittlerweile arg verbeulten Ich. Was diese Christina nun in ihm bewirkte, war indessen unglaublich! Als ob durch sie auf einen Schlag die Vergangenheit gesühnt würde, *die* Absolution! Als ob es den meterdicken Eispanzer, den er zum Eigenschutz oder Überleben um sich angelegt hatte, nun zusehends dahinschmelzen würde. Schicht um Schicht und dies in atemberaubendem Tempo, so wie derzeitig an den Polkappen. Eins war sonnenklar: diese Christina durfte er keinesfalls wie eine dieser Naschtüten behandeln, die man schnell aufriss, vernaschte und wieder wegwarf! Er wäre ja ein *kompletter Vollidiot*, wenn er dies nicht schnallen würde!

Ehe Christina Zeit hatte, sich weitere Gedanken darüber zu machen, wie *ihr* geschah, spürte sie wiederum, wie durch Jims spontanen Vorstoß die Türe zu ihrem lädierten Unterbewusstsein einen Spalt breit aufgeschoben wurde und sich dann ein Fuß drin hineinsetzte.

Ihr scheuer Aufblick fiel in Jims übergroße Augen. Rein und funkelnd wie Bergkristalle waren diese weit aufgesperrt wie sie dies noch nie bei einem Mann in dieser Intensität festgestellt hatte. Dieser Jim schien sie geradezu mit Haut und Haar aufzusaugen, rein stofflich auszusondern. Ihr selbst war, als ob ihr innerer Gefühlsmagnet mit ihm auf einen starken Gegenpol getroffen wäre und sie, ohne eigenes Dazutun oder Überlegung dahinter, in dessen Richtung gezogen wurde. Bis ihre Sinne mit metallenem Klick gegenseitig andockten, um das zugkräftige Magnetfeld endlich EINS werden zu lassen. Da half alles Strampeln nichts. In einem beglückten Ohnmachtsgefühl sah sie zu, wie ihre Seele faktisch der Anziehungskraft seiner durchdringenden Augen anheimfiel; hoffnungslos durch deren Macht gefangen war. Ähnlich wie mit einer unsichtbaren langen Schlinge aus Leintuch wurde sie von diesem forschen Frauenjäger eingewickelt, wurde sie in ihrem ganzen Empfinden nun wie eingerollt und sachte an ihn herangezogen, bis sie das verzehrende Schnauben seines heißblütigen Atems an ihrem Ohr vernahm. Förmlich erspürte sie seine Pranken sich fortab überall über ihren Leib vorantasten, durch festes

Auflegen einen unwiderruflichen Besitzanspruch bekundend. In den ersten Sekunden rang sich noch darum, ihre anfängliche Widerstandskraft aufrechtzuerhalten, doch war das schwache Widerstreben von flüchtigem Bestand. Ihr wurde heiß, ihr war kalt, sie durchlief alle Zustände, die man kriegen konnte.

»Vielleicht sind wir uns schon mal irgendwo beim Einkaufen begegnet«, sagte nun Jim scheinbar überlegend.

»Gut möglich«, hauchte sie verzaubert.

Dann, endlich, gelang es ihr die Hand wieder zurückzuziehen, wenn auch widerwillig und bedauernd. Ihrer beiden Hände waren glühend und feucht.

»Vielleicht sogar in Suffern«, meinte sie weiter, »wir wohnen nämlich dort.«

»Ach, ja?«, sagte er, tat so, als ob er dies nicht wüsste.

»Und du? Wohnst du denn hier in Nyack?«, fragte sie.

»Nein, aber auch nicht weit von euch, in Chester, einfach die andere Seite«, sagte Jim, während er seine schwarze Wollmütze hervorkramte und überzog.

»Tatsächlich? Wie schön«, erwiderte Christina, unendlich erleichtert über die Nähe seines Wohnorts.

Ebenfalls angetan von Jims fröhlichem Gemüt, sagte Claudia: »Ach ja, in Chester? Das ist jetzt wirklich nicht weit weg von uns. Also, wenn du mal Zeit und Lust hast, Jim, könntest du bei uns vorbei schauen. Wir würden uns freuen.«

Beschwingt, beinahe frohlockend, erwiderte Jim: »Ja, gute Idee«, zurrte den Reißverschluss seiner kastanienbraunen Jacke hoch. »Würde ich gerne, klar.« Dann warf er einen erneuten Blick auf seine Armbanduhr. »So, jetzt muss ich aber wirklich.«

»Lass dich nicht aufhalten«, meinte Claudia, trat zur Seite.

So verabschiedete sich Jim mit einem allgemeinen ›Beschert euch noch einen gemütlichen Abend‹ und machte sich zur Tür hinaus. Beim Zuziehen erhaschte ein flüchtiges Lächeln seiner Augen Christinas feuchten Blick. In diesem Augenblick setzte sich in ihm endgültig das Bewusstsein durch, dass seine ziellose Flucht womöglich ein gutes Ende gefunden hatte, da er vor wenigen Minuten, so spontan wie unverhofft, in eine eisfreie Zone der Glückseligkeit und des Friedens geraten war. Ein gemeinsames Glück mit dieser Christina wäre mitunter seine Rettung, könnte er endlich mit der Vergangenheit ins Reine kommen! Denn sie strahlte so etwas unglaublich *Versöhnliches* aus. Warum vermochte er nicht zu sagen. Was indes seine Freude sogleich wieder eintrübte, der stachlige Dorn im Fleisch, war die quälende Frage: Würde er diese aparte Frau überhaupt wieder zu Gesicht kriegen? Wäre dies letztlich nur eine fiese Nummer des Schicksals gewesen, das ihm für kurze Zeit den Speck durch den Mund gezogen hatte, quasi als Müsterchen, wie es sein *könnte*, um ihn gleich darauf wieder in sein dunkles Eismeerexil zurückzustoßen? Verdient hätte er es ja, so wie er sich in den vergangenen vier Jahren Frauen gegenüber gebärdet hatte. Denn, hatte Michael nicht von einem Eric gesprochen, ihrem *Freund*? Überdies war er doch schon einiges älter als sie, schätzungsweise zwölf, dreizehn Jahre? Hätte sie da überhaupt noch irgendein Interesse an einem alten Knacker wie ihm? So verbraucht und ausgebrannt wie er sich innerlich fühlte, und dies als Feuerwehrmann! Gut, dass sie das alles nicht wusste und nie zu wissen kriegte. Jim kam nicht umhin, einen tiefen Seufzer auszustoßen, als er breiten Schrittes draußen den Gehweg entlangschritt.

Auf der dämmrigen Fahrt zur Feuerwache in Beacon, im Dutchess Verwaltungsbezirk, wo er nächstens seinen 24-Stunden-Dienst antreten würde, drehte er die Musikanlage in voller Lautstärke auf, um sich von ›Fünfzig Cents‹ musikalischem Schützengraben- und Unterweltmix volldröhnen zu lassen, wie so oftmals, um ja keine lieblichen Töne ertragen zu müssen. Unentwegt hämmerte es durch seinen Sinn: ›Mein Gott! Wenn es dich gibt: Ich muss diese Frau unbedingt wiedersehen oder ich drehe durch!‹

Ψ Ψ Ψ

Wir sehen uns dann beim GANZ GROSSEN!

»Toller Kerl, dieser Jim«, sagte Michael zu Claudia, schloss die Kellertüre mit einem Ruck zu, um sie nach kurzem Überlegen gleich wieder einen Spalt weit offen zu sperren.

»Ja, macht wirklich einen sehr aparten Eindruck«, bestätigte Claudia.

Mit vernehmlichen Bedauern meinte Michael: »Habe leider nur noch das letzte Jahr mit ihm zusammengearbeitet, bevor für mich dann ›Feierabend‹ war.«

»Er hat etwas Besonderes, finde ich«, raunte Claudia, »sehr dynamisch und zuvorkommend.«

»Auf jeden Fall«, sagte Michael mit einer gewissen Bewunderung in seiner Stimme. Was ihm an Jim gleich am ersten Arbeitstag auf der Feuerwache aufgefallen war, war diese Ausgeglichenheit und Ruhe, die Jim ausstrahlte, obgleich er gerne und viel lachte. Denn im nächsten Augenblick vermochte Jim wiederum sehr nachdenklich und in sich gekehrt zu sein. Dies war jedoch keineswegs ein Widerspruch, fand er. Im Vergleich zu einer Reihe hypernervöser Jungs, die er kannte und welche für seine Begriffe ständig in einer Art hektischen Unrast herumschossen, schien Jim zu wissen, was er wollte. Und was nicht! Dies hatte er nicht nur auf der Wache beobachtet, sondern auch in ihrem gemeinsamen Urlaub im kanadischen Felsengebirge letztes Jahr. Wie Lyke zwar mal bemerkte, ließ sich Jim trotz aller Offenheit nie wirklich in die Karten blicken. ›Ich mag ihn ja sehr, nicht nur, weil wir natürlich deutsch sprechen können, erinnert mich stetig an meine Zeit in Basel, aber an seine Geheimnisse lässt er niemanden ran.‹ Michaels Stirn, welche sich jeweils in tiefe Runzeln legte, wenn es um Menschenkenntnis ging, erwiderte: ›Du meinst, er hütet ein Geheimnis? Ich meine, wer legt schon sein ganzes Leben auf den Tisch. Das macht nun mal keiner. Insofern muss er auch uns nicht alles auf die Nase binden, nicht?‹ Dazu meinte Lyke: ›Das sagst du schon richtig. Ich meine nur, er rettet sich einfach in sein überaus charmantes Lachen, wenn er nichts sagen will. Was okay ist. Aber ein bisschen geheimniskrämerisch ist er schon, finde ich.‹ Und dennoch, fanden beide übereinstimmend, dass sie Jim nicht ungern als Schwiegersohn und Vater ihrer Enkel sehen würden, falls es in ihrer Macht stünde, dies zu steuern. Töchterchen Amber im besten Heiratsalter fand ihn zwar nicht völlig unsympathisch, als sie ihm mal zu Hause an einem Wochenende begegnete, aber gleich von Beginn weg für viel zu selbstbezogen, ein Blender und Egomane, wie sie ihn bezeichnete, außerstande, einer Frau das zu geben, was sie benötigte, bestenfalls für zwei, drei Wochen, so ihr unumstößlich hartes Urteil. ›Findest du?‹, fragte Lyke nachdenklich sowie mehr im rhetorischen Sinne, zugleich ihre Tochter mit kritischem Blick durchforschend. Denn, in einem Punkt hatte sie tatsächlich auch ihre Fragezeichen, nämlich, bei einem von Jims seltsamen Hobbies. Als er in Banff davon erzählte, war sie doch so etwas wie irritiert. Passte dies zusammen?

Sich den Reißverschluss ihrer Fleecejacke runterzurrend, fragte nun Claudia: »Was hast du letzthin gesagt? Er kommt aus Los Angeles?«

»Ja, ist vor einem guten Jahr hierhergezogen«, sagte Michael, hängte die letzte Jacke über eine der anderen auf, da die Garderobe über zu wenig Bügel und Hänger verfügte, ein Missstand, den er Lyke schon lange versprochen hatte, anzugehen. Doch lockte zurzeit der Drachenbau mehr.

»Ist er irgendwie liiert?«, fragte Claudia.

Michaels Antwort kam verzögert: »Nein, das heißt, eigentlich war er verlobt, soviel ich weiß, oder stand kurz davor.«

»Tatsächlich?«

»Ja, ist überraschend, nicht? Aber es stimmt tatsächlich. Jim hat zwar nie viel darüber erzählt, aber, soviel ich mitgekriegt habe, hat er seine

Freundin vor vier Jahren auf ganz tragische Weise verloren, muss eine ziemlich hässliche Sache gewesen sein.«

»Hat er denn hier eine?«, fragte Biggi, ohne zu bemerken, wie hinter ihr Christina vor Dankbarkeit beinahe auf die Knie ging, dass nicht sie die matchentscheidende Frage stellen musste. Denn dies war nachvollziehbar für sie *die* zentrale Frage, die sie seit Minuten umtrieb, ja, richtiggehend beängstigte.

»Ähm«, erwiderte Michael wiederum zögerlich, »da bin ich soeben überfragt. Wart mal!« Unmittelbar guckte er um die Ecke, in die Küche: »Lyke!?«

»Ja? Was ist?«, tönte es daraus.

»Weißt du, ob Jim eine Freundin hat?«

»Eine Freundin? Du meinst eine feste?«

»Ja. Das ist doch deine Frage, Biggi, nicht?«, sagte Michael, wechselte zurück zu Biggi.

»Ja, klar.«

Nun erschien Lyke mit einem Topflappen unter dem Türsturz, sagte: »Nein, soviel ich weiß nicht, nicht fest. Höchstens Zufallsbekanntschaften. Aber, ehrlich gesagt, so genau weiß ich es auch nicht. Ich glaube, das ist so sein kleines Geheimnis, das er nicht gerne preisgibt.«

»Ist dies das, was du wissen wolltest?«, fragte Michael Biggi zurück.

»Ja, aber, so wichtig ist es auch wieder nicht.«

Unmittelbar machte sich ein breites Schmunzeln in Lykes Antlitz bemerkbar; neckisch zog sie die feingezupften Augenbrauen hoch: »Wieso meinst du denn, Biggi? Hättest du Interesse?«

Energisch den Kopf schüttelnd, winkte diese ab: »Nein, wo du denkst hin, Lyke! Ich habe mich nur gerade gewundert. Ich finde einfach, er ist äußerst attraktiv, ich meine, für sein Alter.«

»Ja, das ist er allerdings«, stimmte ihr Lyke zu, und in Gedanken: was immer ›Alter‹ heißt. Klang für sie nach steinalt, fünfzig, sechzig oder mehr, urzeitig. »Und macht ihn auf alle Fälle sympathisch. Aber, kommt doch jetzt rein in die gute Stube«, forderte Lyke ihre Gästeschar mit einem fröhlichen Lächeln auf, zog dabei die Küchenschürze aus. »Macht es euch einfach gemütlich. Ihr müsst doch nicht den ganzen Nachmittag im Gang rumstehen«, klang es fast ein bisschen vorwurfsvoll. Der morgens frischgebackene Lebkuchen in ihren Händen brauchte keine weiteren Überzeugungsargumente aufzufahren. Dazu gesellte sich der Duft von dampfendem Glühwein aus den Gläsern. Jeder machte es sich in den plustrigen Sofasesseln rund um den Salontisch gemütlich. In den folgenden Minuten breitete sich eine allgemeine Fröhlichkeit vor dem behaglichen Kaminfeuer aus. Das heißt, bei fast allen, um gleich wieder eine Einschränkung aufzuerlegen.

Denn bei Christina guckte während des Gelächters regelmäßig ein bedrücktes Gefühl hinter dem drapierten Vorhang hervor, glotzte sie unverhohlen an. Wie eine Karnevalfratze, fast schon etwas spöttisch. Außerstande, ihre gegenwärtige Gefühlslage einzuordnen, schweiften ihre Gedanken so unentwegt wie verwirrt zum Fenster hinaus. Doch nicht irgendwo ziellos ins Leere, sondern in die Richtung, in welcher Jim, *ihr Jim*, wollte sie bereits sagen, vor kurzem das Haus verlassen hatte. Rex war wahrscheinlich der einzige, der mit seinen tierischen Instinkten bemerkte, wie aufgewühlt und durcheinander sie nach dem gefühlsmäßigen Blitzeinschlag war. Den ganzen Nachmittag lang lag er in trauriger Solidarität ihr zu Füßen, legte seine Schnauze in ihren Schoss oder leckte ihre Hand. Seine Ohren flach nach hinten gestreckt, was bei ihm das Zeichen eigener Unruhe war. Hätte sie ihn nicht ermahnt, hätte er bestimmt laut aufgeheult und gewinselt, stellvertretend für sie. ›Ja, du bist wirklich eine treue Seele, Rex!‹, sagte sie wiederholt zu ihm, bedankte sich mit intensiven Streicheleinheiten.

»Christina«, holte sie Lykes Stimme zurück; fürsorglich legte Lyke ihre rechte Hand auf Christinas Arm. »Alles in Ordnung?«

Christina zögerte einen Augenblick, schaute ihre Tante verwundert an. »Ja, ja«, stotterte sie, »alles in Ordnung.« Unvermittelt schluckte sie mehrmals leer, räusperte sich, ehe sie erwiderte: »Ich glaube, ich habe mich vorhin am Meer etwas unterkühlt.«

Lyke, welche als gute Gastgeberin aufmerksam beobachtete, stellte ihre Tasse hin, schlug dann vor: »Soll ich dir einen Holunderblütentee machen, mit einem kräftigen Schuss Zitronensaft drin. Das ist die beste Medizin in einem solchen Fall.«

»Ja, gerne, das ist eine gute Idee, danke Lyke«, entgegnete Christina, dann murmelnd anfügend, »am besten gehe ich heute früh in die Federn, dann kommt das schon wieder gut.«

Bereits auf dem Sprung, sagte Lyke: »Bin gleich wieder da.«

Ψ Ψ Ψ

Während in der Küche der Wasserkocher knatterte und Michael übers politische Tagesgeschehen debattierte, zog es Christinas Blick wiederum magisch in dieselbe Richtung wie vorhin. Zum Abschied hatte ihr Jim doch tatsächlich mit seiner Hand zugewinkt sowie mit seinem rechten Auge zugezwinkert, glaubte sie zumindest, ehe er durchs Gartentor schritt. Sie selbst stand etwas trostlos oder vielmehr untröstlich in der Nähe des Vorfensters der Diele, entgegnete seinen Gruß mit einem versehrten Lächeln sowie einem Kopfnicken. Seine Gesten ließen für einen Bruchteil von Sekunden Hoffnung in ihr aufkeimen, dass das Leben sie nicht soeben bespöttelt hatte, gefoppt mit etwas, das sie doch nie kriegen würde. Und wenn doch? Wenn sich dieser Jim Schönberg nie melden würde, wie er versprochen hatte, weil eben doch kein Interesse vorhanden? Wenn alles nur Jux und Einbildung, ja, reines Wunschdenken ihrerseits gewesen war? Damit müsste sie sich gezwungenermaßen abfinden, so unangenehm diese Vorstellung war. Vermutlich wäre es besser, die Sache möglichst rasch abzuhaken und sich nicht noch selbst damit verrückt zu machen. Es gab immer mehrere Möglichkeiten im Leben, nicht nur eine einzige!

Allenfalls wäre ihr sogar eine üble Sache erspart geblieben, da sie ja nicht wusste, was für ein Typ dieser Schönberg war. So einer musste ja ein frauenfressender Vamp sein, mit unzähligen Angeboten von rechts wie links. Da wäre sie lediglich eine unter Tausenden. Nein, Dankeschön! Ja, Christina Sanders, bleib auf dem Boden! Bewahre deinen kühlen Kopf, wie dir dies ja sonst immer recht gut gelingt, und schlag dir diesen Kerl umgehend wieder aus dem Sinn. Vielleicht schweißt er ja fürchterlich unter den Achseln oder ist ein sturer Bock, banal und oberflächlich wie einfältig, nörgelt gerne herum. Womöglich hat er eine schreckliche Krankheit aufgelesen. Wenn du meinst, Christina Sanders, es sei etwas Besonderes zwischen euch beiden geschehen, quasi ein Liebesfunken, dann entspricht dies wohl lediglich deiner irrationalen Wunschvorstellung, einem Ausrutscher deiner Phantasie. In ein paar Tagen wäre der ganze Spuk bestimmt wieder vorbei, der nötige Abstand zurückgewonnen!

Trotz aller aktiv betriebenen Selbstbeschwichtigungen lag Christina der restliche Teil des Spätnachmittags auf dem Magen. Um sich wieder auf andere Gedanken zu bringen, rief sie sogar mal Eric an. ›Ja, die Wellen waren ganz okay, aber kein Vergleich mehr zu heute Morgen, sagen die Kollegen.‹ Sein Bedauern, dass er die Hammerwogen verpasst hatte, war nicht zu überhören. Christina war es, als ob sie im Hintergrund fröhlich lachende Frauenstimmen ausmachen könnte, junge Stimmen. ›Bei dir? Alles in Ordnung?‹ ›Ja, Dankeschön, alles paletti.‹ Mehr Gesprächsstoff fiel ihr beim besten Willen nicht ein. Entweder umtrieb ihn ein schlechtes Gewissen oder Eric verspürte, dass etwas vorgefallen war, jedenfalls gab er sich auf einmal ungeheure Mühe, nett zu klingen. Er vermied es sogar, Biggi zu erwähnen. Vielleicht saß gerade eine auf seinem Schoss, zog an seinem Ziegenbärtchen!

Schon eigenartig, befand nachher Christina nachdenklich, dass sie überhaupt zusammengefunden hatten. Typ- wie interessemäßig verband sie eigentlich wenig bis gar nichts. Wo hatte sie denn da nur hingeguckt? Stand sie letztlich einfach unter gesellschaftlichem Druck, sich endlich einen Freund zuzulegen? ›Dass du immer noch keinen Freund hast, ist uns schleierhaft!‹, sagten ihre damaligen Kolleginnen beinahe vorwurfsvoll.

Bei ehrlicher Betrachtung musste sie sagen, dass sie eigentlich eher zufällig zusammengefunden hatten. Sie hatten sich bei der Vorbereitung auf eine Straßenparade durch Suffern, anlässlich einer Nationalfeier zum 4. Juli, näher kennengelernt. Christina war von der damaligen Schule dazu ausgewählt worden, auf einem der dekorierten Umzugswagen die Freiheitsstatue zu mimen. Mit allem Drum und Dran. Sie würde auf einem

Podest stehen und mit strahlendweißem Lächeln Amerikas berühmteste Ikone darstellen. Vor dem Umzugswagen würde die Marschband der Mittelschule Suffern in ihren blauweißen Uniformen aufspielen. Aus einer Auswahl von fünfzehn Kandidatinnen hatte sie das Rennen geschafft. Nach Ansicht der buntgewürfelten Jury aus Lehrpersonen, Schulbehörden wie Schülern, verfügte sie allem Anschein nach über das erhabenste Flair dazu.

Eric, als Ex-Sufferner und treues Ortsvereinsmitglied, war ebenfalls der Wagengruppe zugeteilt, half beflissen mit, sie stofflich einzuhüllen und mit der türkisgrünlichen Farbe einzustreichen; Gesicht, Arme, Hände, zur Sicherheit auch Füße. Bei der Hauptprobe dann, als sie auf dem wackligen Podest stand und bei mit rechtem Arm erhobener Fackel zu fallen drohte, fing Eric sie geistesgegenwärtig in seinen Armen auf. Sein unbeschwertes Lachen überzeugte in diesem Moment. So fiel der Startschuss ihrer zufälligen Zweisamkeit, aber bestimmt nicht der Ausbruch einer großen Liebschaft. Und dies, obschon Christina im Innersten schon zu Beginn spürte, dass Eric Barkley eigentlich nicht ihrem Traumtypen entsprach. In der Rückschau erschien ihr diese unromantische Romanze sogar nahezu absurd.

Umgekehrt schien der Fall gleich gelagert. Denn Eric schielte gerne zu anderen Mädchen rüber, wenn er sich unbeobachtet fühlte oder nicht mal dann. Es schienen ihn keine Hemmungen zurückzuhalten, weiterzugehen, ein Ansinnen, welches, wie sie vermutete, nicht immerzu nur in einem ›Korb‹ endete. Was da so alles am heißen Strand ablief, oder besser gesagt, welche Wellen er jeweils *nach* dem Strand ritt, oder auf einer der ausgedehnten Töfftouren, entzog sich nicht nur ihrer Kenntnis, sondern wollte sie lieber gar nicht in Kenntnis gesetzt werden, ohne ihm etwas unterstellen zu wollen. Tatsache war indes: sie waren nicht füreinander geschaffen!

Während Christina gedankenversunken an ihrem heißen Tee nippte, begann Lyke eine Unterhaltung mit Claudia. Dabei reichte sie ihr ein zweites Stück Kuchen. »Und, wie geht es dir so, Claudia?« Ihre Schwägerin tat ihr leid, denn als Frau eines Feuerwehrmannes kannte sie Ängste dieser Kategorie bestens.

»Danke, Lyke, den Umständen entsprechend ordentlich gut, würde ich sagen«, entgegnete Claudia mit leiser Stimme. Bedächtig stach sie mit der Gabel vom neuen Kuchenstück ab, wie als ob sie nun bereute, ja gesagt zu haben. »Wir waren ja vorhin am Meer. Das tat richtig gut.«

»Und wir wären halb erfroren«, warf Biggi in einem Ton ein, welcher offen ließ, wie sie es denn nun genau meinte.

Claudias Erwiderung ließ tief blicken, als sie mit einem seltsamen Lächeln sagte: »Aber wir haben es überlebt«, und fügte dann an, »wie so vieles in den letzten Monaten.«

Hm, stutzte Lyke nachdenklich, hielt eine Erwiderung zurück. Das Feuer im Kamin gab allmählich nach, die Wärme auch. Michael, der es aus dem Augenwinkel unter Beobachtung behielt, war aufgestanden und warf ein paar Holzscheite nach. Als er sich wieder umdrehte, meinte er: »Ganz früher, als ich noch unten in Neu York gearbeitet hatte, hatten Thomas und ich immer darüber gewitzelt und gesagt: ‚Wir sehen uns dann beim GANZ GROßEN!‘, was immer das sein würde.«

Erstaunt über die Äußerung, guckte Biggi zu ihrem Onkel rüber, sagte verdutzt: »Ja, wirklich?«

Mit sichtlicher Erregung in den Augen, begutachtete er die wieder auflodernde Glut im Kamin, meinte dann wie mit einem Schuss Enttäuschung in seiner Stimme: »Ja, das haben wir uns jahrelang gesagt. Schließlich sind gefährliche Situationen unser täglich Brot. Und wir wollen ja unser Bestes geben, und weder verzagen noch versagen. Das letztere schon gar nicht.«

»Dann hattet ihr also fast mit so etwas gerechnet?«

»Ja und nein, würde ich sagen«, antwortete Michael seiner Nichte, abwägend wie zugleich schmunzelnd. »Ich glaube, wenn man professionell mit Feuer und Bränden zu tun hat, rechnet man immer mit etwas noch Größerem. Von daher war uns schon immer klar gewesen, dass es einmal etwas Ganz Großes gäbe, aber dass es dann *so* heftig ausfallen würde, konnte sich dann doch niemand vorstellen.«

»Insofern hast du ja noch Glück gehabt, dass du frühpensioniert bist.«

Bedächtig hielt Michael inne, griff unvermittelt nach dem Blasebalg und blies damit die in die glühende Asche. Unmittelbar schossen Flammen hoch und begannen die Scheite in Brand zu setzen, dabei warf er einen Seitenblick zu Claudia: »Ja, in einem gewissen Sinne schon. Es macht mich aber nicht unbedingt glücklich, Biggi«, fügte er nachdenklich an. »Ich habe meinen Bruder und viele Berufskollegen verloren, über dreihundert. Dies ist ein harter Schlag!« Es war ihm vollkommen bewusst, dass es ein paar Jahre früher gleichwohl ihn hätte treffen können, bevor er nach Beacon wechselte. Lyke und er dachten eine Zeitlang darüber nach, sich dort häuslich niederlassen, taten es dann aber doch nicht, wegen den Jungen. Ein unangenehmer Mix aus Dankbarkeit einerseits, vom Ärgsten verschont geblieben worden zu sein und handkehrum eine Art schlechtes Gewissen, dass es so viele Kollegen traf, von welchen sie doch einige persönlich gekannt hatten, scheuerte ihn unentwegt auf. In dieser unseligen Ausgangslage kam daher keine wirkliche Freude auf. Wenn, dann schon eher beschämende Demut. Als er fertig war, klopfte er sich den Aschestaub von den Händen und Armen.

»So, jetzt sollte es dann gleich wieder wärmer werden.«

Ψ Ψ Ψ

Terroralarm! Wir werden auf eigenem Grund und Boden angegriffen!

Michael erinnerte sich genau, wie er an jenem wettermäßig überaus schamottierenden Morgen gemeinsam mit einem Nachbarn im Frühtau zu Berge, in das weiter nördlich gelegene Onteora Mittelgebirge – oder Katerbachberge, einem Ausläufer der Appalachen – , aufgebrochen war. Die bis zu 1281 Meter hoch aufragenden Gipfel wurden von den einheimischen Indianern, einem Zweig der Mansee sprechenden Lenni Lenape, sinnigerweise als Himmlische Berge bezeichnet. Im September, sowie teils die Arbeitswoche durch, war das auf weite Strecken heute unter Naturschutz gestellte Bergland angenehm weniger überrannt als an Wochenenden oder während Ferienzeiten. Von seinem jahrzehntelangen Dienst bei der Feuerwehr war sich Michael gewöhnt, entweder früh aufzustehen oder früh auf der Wache einzutreffen, um die nach Feierabend lechzenden Kollegen abzulösen. Besonders nach einer 15 oder 24 Stunden-Schicht war jedermann froh, etwas früher nach Hause aufbrechen zu können. Dies war eine inoffizielle Abmachung, welche für alle funktionierte und aufging.

Um 8.46 Uhr, Neu York Zeit, waren sie längstens auf einem der Wanderwege im weitläufigen Park unterwegs. Erst eine halbe Stunde später sollte ihnen zur Kenntnis gelangen, was sich gute 200 Kilometer südlich von ihnen Unvorstellbares abspielte. Ein gut beleibtes Ehepaar mittleren Alters, mit drei nicht minder gemütlichen Hundchen, kam ihnen aufgeregt entgegengewackelt, sprudelte wild drauf los. Obgleich sich Michael aus seiner Aktivdienstzeit doch so einiges Haarsträubendes gewöhnt war, sprengte das Wiedergegebene sämtliche Grenzen seiner Vorstellungskraft.

So makaber wie unlogisch dies klang, aber im allerersten Augenblick befiel ihn tatsächlich so etwas wie ein *Bedauern*. Ja, Bedauern! Nämlich, dass er nun das GANZ GROßE sozusagen knapp verpasste. Da loderte doch unmittelbar sein inneres Feuer als Vollblut-Feuerwehrmann wieder auf. Ein Flämmchen, welches zwar umständehalber auf Sparmodus gesetzt worden war, im Grunde aber nur darauf wartete, neu befeuert zu werden, um wieder emporzuschießen und am liebsten gleich die ganze Welt in einem Höllenbrand zu verschlingen. Den Schilderungen des Paares nach zu urteilen, schien es sich um *genau dieses Ereignis* zu handeln! ›Mein Gott, darauf habe ich ja mein ganzes Leben lang gewartet!‹, rief er spontan wie zugleich verdrossen aus. Oder müsste er nicht schon vielmehr sagen, gehofft?

Aufs zweite Hinhören jedoch wurde ihm schnell klar, dass es sich hier nicht um einen ungewöhnlichen Großbrand handelte, sondern um eine regelrechte Katastrophe! Umgehend folgerte er aus der Beschreibung, dass die Opferzahl unverhältnismäßig hoch ausfallen könnte, wenn das nur im Ansatz zuträfe, was er da hörte. Beide Türme des WHZ in Brand! Dies in schwindelerregender Höhe von Hunderten von Metern! Die Tanks der Flugzeuge mussten noch voll Kerosin gewesen sein! Vor seinem geistigen Auge sah er die Straßenschluchten Südmanhattans in Windeseile auffahren. Dieses künstlich von Menschen geschaffene Mittelgebirge aus Stahl, Beton, und Glas. Es würde für seine diensthabenden Kollegen und Kolleginnen da unten sowie alle weiteren Rettungsdienste, unglaublich schwierig werden, da eine Bergung und Rettung zu koordinieren und durchzuführen. Schon rein logistisch eine höchst verzwickte Aufgabe.

›Und was ist mit Lyke?‹, wurde er unmittelbar von seinem Begleiter aus seinen Gedanken gerissen sowie daran erinnert, dass seine Frau dort in der Nähe arbeitete. ›Ist sie heute nicht im Büro?‹ Entgeistert blickte ihn Michael unverwandt an. ›Ja, natürlich! Klaro!‹ In aller Hast grabschte er sein Mobiltelefon hervor. ›Ich versuch‹ gleich mal sie zu anzurufen!‹, fügte er sogleich in einer Selbstverständlichkeit an, als ob er die ganze Zeit nichts anderes vorgehabt hätte. Wie er indes alsbald bemerkte, war dies in der Abgeschiedenheit hier oben freilich ein sinnloses Unterfangen, da kein Empfang zur Verfügung stand. Ohne eine Sekunde länger zu zögern, mehr rennend als gehend, nahmen sie so zügig wie dies mit seinem treuen Begleiter, dem Wanderstock, nur möglich war, den Weg zum Parkeingang zurück unter die Füße, permanente Rückenschmerzen wie den chronisch steifen Nacken ignorierend. Im Besucherzentrum angekommen flimmerte ihnen auf Bildschirmen bereits der brennende Schrecken mit seinen schwarzrauchgeschwängerten Bildern entgegen.

›Mein Gott! Das übersteigt ja jegliche Vorstellungskraft‹, rief Michael laut aus. ›Schau nur!‹

›Das kann doch nicht wahr sein!‹

›Wie ist das nur möglich?!‹

›Amerika ist *auf eigenem Grund und Boden* angegriffen worden‹, kommentierte ein an Jahren vorgerückter Wandersmann neben ihnen spontan und nicht minder entsetzt.

›Terror total!‹

›Das ist Krieg!‹

›Amerika geht unter, und wir mit ihm!‹

›Das ist doch alles nur ein raffiniertes Täuschungsmanöver, das kann gar nicht sein! Die verarschen uns doch! Das ist bestimmt wieder so ein fieser Videotrick, im Studio, wie damals bei der Mondlandung!‹

Tief über die Dumpfbacke verärgert, meinte Michael: ›Jetzt machst du wohl ganz auf zynisch!? Im Sandkasten zu wenig Spiele gespielt, was?!‹

Wie immer in Chaossituationen überschlugen sich die Ereignisse im Minutentakt. In den Angesichtern zurückströmender Wanderer machte sich tiefe Betroffenheit bemerkbar. Niemand schien so richtig kapieren zu vermögen, was sich da Monströses auf dem Bildschirm abspielte. Noch nie zuvor lief wohl das Telefonsystem so rasch heiß, brach lokal zusammen, wie jetzt.

Ein seltsamer Schauer rieselte Michael über den verspannten Rücken, löste einen ungewöhnlich stechenden Schmerz aus, wie ein Hexenschuss, fühlte sich an, als ob ihm soeben mehrere Pfeilspitzen in die vom Unfall versehrten Lenden gerammt worden wären. Unverwandt drehte er sich um, fügte sich dabei selbst weiteren Schmerz hinzu. Für einen kurzen

Augenblick war ihm, als sähe er ein Heer rabenschwarzer Gewitterwolken eilends über ihren Köpfen zusammenziehen. Ein Wirrwarr aus zigtausenden Blitzen und Funken entlud sich zeitgleich über dem grünen Dach der Himmlischen Berge; eine Abfolge mächtigen Donnergrollens, ähnlich wie Abertausende angeschlagener Trommeln, ließ ganz Onteora zitternd erbeben, um kurz darnach den Boden unter ihren Füßen zu erschüttern. Ein eisig kalter Wind frischte auf, fuhr ihnen durch Haar wie Gesicht.

›Michael!‹, rief ihn die Stimme seines Wanderbegleiters aus seiner kurzzeitigen Betretenheit in die Gegenwärtigkeit zurück. ›Michael! Hast du das gehört?‹, wiederholte der und rüttelte ihn kräftig am Arm. Keine gute Aktion für seine lädierten Rückenwirbel!

›Autsch!‹, rief er schmerzverzerrt. ›Was?! Was sagst du?!‹

›Den Knall! Hast du das gehört?«

›Du meinst wohl da im Fernsehen? Die Flugzeuge, die da reingeknallt sind? Ja, klar, vollkommener Irrsinn, was da geschieht! Ich kann's kaum glauben! Das ist Horror und Terror total!‹

›Nein. Hinter uns!‹

›*Wo* hinter uns?‹

›In den Himmlischen Bergen!‹

Unvermittelt, wenn auch bedächtig, drehte sich Michael wieder um, biss vor Schmerz auf die Zähne und betrachtete das makellose Blau des Himmels. Unschlüssig, was er jetzt dazu sagen sollte, meinte er dann mehr ratlos: ›Hm, ich glaube, wir sehen und hören überall nur noch Gespenster! Oder vielleicht macht eine solche Extremsituation ein bisschen paranoid.‹

Gleichzeitig klingelte sein Mobiltelefon, es war Amber, sprach wie sie leibte und lebte, nur mit dem kleinen Unterschied, dass sie ganz aufgeregt klang, als sie nach seinem Wohlbefinden fragte und ob er schon was von Mutter gehört hätte. Halb Ohr schoss es ihm unentwegt durch den Kopf: Was war da nur soeben, hinter ihnen? Was hatte Fred gehört? Das gleiche wie er? So sehr er darüber rätselte, eins war klar: es kam aus dem Innersten der Katerbachberge! Wie eine Art Echo, welches, gequält und unterdrückt, sich nun endlich zu befreien vermochte und zurückgeworfen worden war. Wie eine Erwiderung auf den Schrecken im TV!

Frisches Aufschreien holte ihn unmittelbar zurück, ließ ihn auf den Bildschirm starren. ›Mein Gott! Was geschieht denn jetzt?!‹, riefen Stimmen entsetzt um ihn herum, klangen wie: ›Die Berge stürzen ein!‹

Ψ Ψ Ψ

Die aufgestörte Beschaulichkeit
von Suffern in Neu Yorks Hinterland

Trotz des teils ernsthaften Themenkatalogs fand der Abend im Hause Sanders in Nyack dennoch einen erstaunlich illustren Ausklang. Kernpunkt ihrer Diskussionen bildete unvermeidlich der 11. September mit seinen verheerenden Auswirkungen auf Stadt und Leben darin, doch drehte sich nicht alles ausschließlich darum. Dies war einfach die Qualität von Lyke und Michael, dachte Claudia. Egal, was vorfiel, den beiden gelang letztlich nahezu immer der Dreh zu einer guten Wendung. Nicht etwa im Sinn von Oberflächlichkeit oder Profanität, sondern im Gegenteil: Schwierigkeiten wurden in aller Regel mit Gründlichkeit bis zur letzten Faser durchgekaut, was sich nicht selten im Ausknobeln einer machbaren Lösung niederschlug.

Mit Lyke traf sie sich seit jeher für Spaziergänge mit Rex zusammen, meist in den Ramapobergen oder auf Sufferns Hausberg, wie sie ihn für sich insgeheim vereinnahmt hatte, den Nordkop. ›Dieser Blick hier oben ist einfach sagenhaft!‹, sagten sie sich immer wieder, wenn sie den Steilhang des Bärenbergwegs von Suffern aus erklommen hatten. Claudia meinte: ›Wie sich die Wolkenkratzer von Neu York am Horizont wie ein Mittelgebirge erheben, hat mich von Anfang an fasziniert, als ich das erste Mal mit Thomas hier rauf kam. Das erwartet man gar nicht.‹ Anerkennend meinte Lyke: ›Du aus Konstanz bist dich natürlich an ganz andere Kulissen gewöhnt; in Amsterdam ist die Sicht weniger spektakulär. Insofern ist schon dies für mich recht eindrücklich.‹ Unmittelbar erwiderte Claudia: ›Das kannst du gar nicht vergleichen, Lyke. Aber ich genieße diese Momente einfach, das Gefühl, von allem wegzukommen. Hier oben stehe ich mit einem Fuß bereits in der Wildnis.‹ Dies galt jetzt umso mehr, wenngleich wie bei allem schmerzhafte Erinnerungen damit verbunden waren. Ihr zweiter Rückzugsort, egal, ob Regenwetter im Sommer oder winterliches Schneegestöber wie heute, war das Caffè Dolce & Weinbar in Suffern unten. Während richtig guter italienischer Espresso ihre Kehle runterrann, eine geheime Hausröstung, tauschten sie ihre eigenen Geheimnisse aus.

»Am meisten Sorgen bereitet mir zurzeit Biggi«, sagte Claudia nachdenklich, nachdem sie ihre traditionellen Getränke bei Alessandra Siniscalco, der Inhaberin, an der Theke bestellt hatten, »Schneckenhausgefahr.«

Spontan entwich Lyke ein Schmunzeln, entgegnete darauf, »kenne ich doch irgendwo her. Siehe meine Tochter, als sie im besten Alter war. Aber das Gute daran: Es geht vorbei. Auch wenn es im Moment nicht unbedingt so aussieht.«

Tiefen Blickes schaute Claudia in ihre Augen: »Meinst du, dies hier auch?« Gottlob hatte sie einen guten Draht zu Biggis Hauptlehrerin, Frau Hartland, am RCC, dem Felslandgemeinschaft College, einer Mittelschule mit ausgezeichnetem Ruf für individuelle Betreuung seiner Studenten. Bereits Christina hatte hier ihre Hochschulreife erreicht, ehe sie an die Columbia wechselte. Gelegentliche Anrufe in die Schule oder ein Blitzbesuch hielten sie auf dem Laufenden. Gut taten ihrer Tochter die Reitstunden auf Minettos Pferdefarm, zwischen Biggis Schule und der Spukfelsen Golfanlage gelegen, aber dies war eigentlich schon seit jeher so. Nebst ihrer Mithilfe als Freiwillige beim therapeutischen Reiten konnte sich ihre Tochter stundenlang mit ihrer Busenfreundin Florina zusammen vertun: mithelfen, Pferde zu versorgen, füttern, zäumen, ausreiten, striegeln, den Stall ausmisten und was sonst so alles in einem Reitstall anfiel. Die häufigen Streicheleinheiten, welche Pferden sowie Ponys gleichermaßen zugutekamen, entfalteten in Biggis Psyche wahrscheinlich die größte Wirkung. Jedenfalls kam sie jeweils gelöst und irgendwie fast schon glücklich vom Reitstall zurück. So nicht wesentlich anders, seit Vaters Platz am Tisch leer blieb.

»Dies ist natürlich eine andere Dimension«, erwiderte Lyke mit einem Seufzer. Dieweil stellte ihnen Lynn, eine Bedienstete, die Cappuccinos auf den Tisch. »Danke, Lynn«, sagte sie mit einem höflichen Kopfnicken dankend. Schweigen war jetzt die beste Erwiderung, fand sie, dann: »Bei aller Fürsorge für deine Töchter, Claudia, aber wie steht es eigentlich mit deiner Befindlichkeit? Du bist Tag und Nacht für alle anderen da. Wie steht es mit dir?«

Überrascht hob Claudia ihren Blick, ihre Lippen und Wangen wirkten heute blutarm; nicht nur jahreszeitenbedingt. Draußen wurde Suffern zusehends durch eine ansehnliche Schneedecke wattiert. »Ähm«, sagte sie erst zögerlich. Es war ihr förmlich anzuschauen, dass sie Lykes Frage geradewegs etwas aus dem Konzept brachte. Hm, meinte sie dann abermals, nahm den beiliegenden Löffel und schöpfte andächtig vom dicken Milchschaum ab. Während sie diesen vom Löffel sog, kreisten ihre Sinne um diese eine Frage. Schließlich fragte sie zurück: »Wieso meinst du?«

Lyke betrachtete sie eingehend. »Ich glaube, du weißt, was ich meine.«

»Ja?«

»Ja.«

Eine neue Schar Kunden drängte sich in die Wärme des Cafés, zwei Mütter mit ihren Kinderwagen. Das Geheul der Kleinen im ersten Wagen zerriss unmittelbar die Beschaulichkeit des Raumes, ließ die ohnehin entnervte junge Mutter weiter verzagen. »Gib ihr doch den Schnuller«, kriegte sie von Alessandra den Rat, worauf sie lediglich entgegnete, »würde ich ja, wenn ich nur wüsste, wo der geblieben ist.«

Spontan trafen sich Claudias und Lykes Blicke, portierten vermutlich in diesem Augenblick dieselbe Assoziation. »Kleine Kinder, kleine Sorgen«, brach schließlich Claudia lächelnd das Schweigen. »Das haben wir hinter uns.« Erst jetzt bemerkte ihr Sinn den Duft frisch hausgemachter Gnocchi an einer Tomaten-Thymian-Knoblauch-Sauce, welche in nicht unweiter Nachbarschaft in Kürze die Gaumen kitzeln würden.

»Und Schnuller brauchen wir jetzt ganz anderer Art«, ergänzte Lyke mit einem Strahlen in ihren Augen, welches erkennen ließ, dass sie gleich mit einer Idee aufkreuze würde. »Weißt du was?«

»Nein?«

»Diesen Samstag haben wir wieder mal unseren Frauenabend. Dieses Mal steht ein Film an, im LaFayette. Ist zwar ein alter Streifen, aber er passt.«

»Was läuft denn?«, fragte Claudia mit geweckter Neugierde.

»*Der Tod steht ihr gut* mit Meryll Streep, Goldie Hawn und Bruce Willis, also, auf jeden Fall, keine schwere Kost! Genau das, was wir brauchen!«

Sichtliche Erleichterung, ja, Freude, erhellte Claudias Gesicht. »Klingt aber super!«, sagte sie, »da wäre ich gerne dabei, falls es euch nicht stört.«

»Würde ich sonst fragen, Claudia!«, meinte Lyke gespielt vorwurfsvoll, fügte dann an, »und im Anschluss gehen wir noch was trinken. Betty weiß da eine neue Bar, mit coolen Drinks.«

»Wow!«, sagte Claudia, »das klingt ganz nach guten alten Zeiten, nicht?«

»Ganz bestimmt. Wir können ja nicht den ganzen Tag nur Trübsal blasen, so schrecklich das Ganze ist. Also, ich für meinen Teil, brauche Ablenkung.«

Zufrieden lehnte sich Claudia zurück, beobachtete, wie wieder Ruhe in die Szene mit der Kleinen eingekehrt war: kleiner Schoppen, große Wirkung. Ehe sie aufbrachen, erzählte sie Lyke von der neuen CD von Roger Cicero &Band mitsamt den Klaviernoten, welche ihr ihre Mutter aus Konstanz vor einiger Zeit zugesandt hatte. ›Du, der ist sagenhaft gut, Claudia!‹, sagte ihr Mutter am Telefon, berichtete ausführlich vom Jazz&Swing-Sänger, welcher mit seinen aberwitzigen Texten und den schmissigen Klängen ganz Deutschland im Sturm eroberte. Ein Stück hatte es Claudia besonders angetan und welches sie mit Inbrunst zuhause am schwarzen Flügel einübte: *Ich atme ein, ich atme aus.* ›Treffender könnte es meine derzeitige Gefühlslage nicht ausdrücken‹, teilte sie Mutter sowie Lyke mit. ›Verspüre ich überhaupt noch Atem in mir?‹, wollte sie damit eigentlich sagen.

»Vielleicht kommen Christina und Biggi auch. Ich frage sie mal«, sagte sie, als sie aufbrachen.

Froh darüber, wieder Leben sowie ein Stück Zuversicht in Claudias Antlitz zu entdecken, zumindest zeitweise, erwiderte sie: »Ja, klar, ist doch gut. Also, ich freu‹ mich darauf.«

»Ich mich auch. Und eigentlich könnten wir vorher hierher essen kommen. Meinst du nicht auch? Ehrlich gesagt kriege ich Hunger, wenn ich all diese Leckereien sehe«, sagte sie, derweil sie zum Nachbartisch schielte. Die 4-Jahreszeiten-Pizza war Thomas' Lieblingsgericht im Caffè Dolce & Weinbar.

Ψ Ψ Ψ

Unerlaubtes Eindringen ins Sperrgebiet

Eine Reminiszenz, welche sich bei Lyke bei der Erwähnung des Begriffs *Türe* von selbst meldete, war, als Christina kurz nach den Anschlägen darüber klagte, wie eine Studienkollegin von ihr, Charlene, nicht mehr in ihre Wohnung kam. Das ganze Gebiet rund ums WHZ wurde aus Sicherheitsgründen für Wochen zum Sperrgebiet erklärt, wodurch etliche bei ihrer Rückkehr in ihre Behausung behindert wurden. Einzelne kamen bei Verwandten oder Bekannten unter; anderen zahlte die Uni die Unterkunft auswärts in einem Hotel. Einmal wurde Einlass ins Katastrophengebiet gewährt; eine Gelegenheit, welche etliche dazu nutzten, um sich mit dem Allernötigsten ihrer persönlichen Habseligkeiten einzudecken oder zum Rechten zu sehen. Die Gefahr von Einbrüchen und Plünderungen war durchaus real.

›Ich glaube, ich sehe eine Möglichkeit, da dennoch reinzukommen‹, meinte Lyke zu ihrer Nichte, schob den Schmorbraten in den aufgeheizten Ofen. Etwas verwundert, erwiderte Christina, am Türrahmen der Küche lehnend: ›Ja, wirklich? Wie willst du denn das anstellen? Ist doch alles abgeriegelt.‹ Wie als ob ein geheimes Familienrezept anvertrauend, sagte Lyke mit wohlüberlegter Bedächtigkeit: ›Du weißt doch, Christina, unser Büro liegt an der Kanalstraße, das heißt, das Gebäude, steht genau auf der Grenze zum Katastrophengebiet. Wie ich letztlich entdeckt habe, könnte deine Kollegin zum Seiteneingang reinkommen und dann durch den Hauptausgang direkt ins Sperrgebiet schlüpfen. Das weiß keiner außer mir, und brauche ich ja niemandem auf die Nase zu binden!‹ Etwas verblüfft, aber positiv überrascht, da sich unerwartet ein Türchen öffnete, entgegnete Christina: ›Ja? Wirklich? Das wäre ja super! Meinst du, das klappt?‹ Die Backtemperatur anhand des eingebauten Thermostats kontrollierend, bejahte Lyke: ›Ja, ich denke schon. Warum denn nicht? Auf dich trifft dies ebenfalls zu, falls du mal davon Gebrauch machen möchtest.‹ Erfreut entgegnete Christina ein ›Klar, natürlich!‹, weil sie nun plötzlich eine Möglichkeit sah, sich vor Ort selbst ein Bild zu machen. ›Morgen, um vier Uhr?‹, schlug Lyke vor und nahm den Abwasch in Angriff. Unmittelbar nach ihrem Mobiltelefon greifend, sagte Christina: ›Gerne, ich rufe gleich Charlene an.‹

Große Überredungskünste brauchte Christina nicht aufzufahren. Gleich am nächsten Tag sonderten sich die beiden Studentinnen aus, um ihren inoffiziellen Abstecher ins inoffizielle Kriegsgebiet zu unternehmen. ›Alles klar?‹, fragte Lyke, als sie sie an der Seitenpforte ihres Bürogebäudes begrüßte. Ein kräftiger Wind pfiff ihnen um die Ohren, zeigte an, dass die schweren Regenwolken bald ihre Fracht abladen würden. Insofern kein schlechter Tag für eine solche ›Mission‹, fand Lyke. ›Ja, auf jeden Fall‹, entgegnete Christina, ›und danke, dass du uns diese Türe öffnest.‹ Charlene mit ihrem nussbraunen Lockenkopf und rundlicher Studentenbrille fügte an: ›Ja, herzlichen Dank! Ich bin froh, so kann ich mal kurz in meine Wohnung, habe dort noch einige wichtige Unterlagen, die ich dringend brauche.‹ Wie um eine letzte Kontrolle durchzuführen, warf Lyke einen Blick auf die feingliedrige Armbanduhr, sagte: ›Kein Problem, Hauptsache, ihr findet, was ihr sucht, und seht euch vor! Falls was ist, ruft mich bitte umgehend an!‹

Das taten sie natürlich auch. Während sie sich durch die leergefegten wie zugleich trümmerübersäten Straßenzüge stahlen, fuhren fortdauernd Lastwagen an ihnen vorbei, beladen mit riesigen Stahlträgern, teils noch heiß , die von der Einsturzstelle abtransportiert wurden. Nebst den zwei Haupttürmen waren weitere Gebäude des WHZ-Komplexes abgebrannt und kollabiert. Die für die Arbeitenden nicht ungefährlichen Aufräumarbeiten würden sich noch monatelang hinziehen. Sich unentwegt die Nase zuklemmend, meinte Charlene: ›Du, das stinkt ja grauenhaft hier, nicht auszuhalten! Wir hätten doch gescheiter eine Gesichtsmaske mitgenommen.‹ Der beißende Geruch, welcher noch wochenlang über der Großstadt liegen würde und an verbranntes Metall sowie Gummi erinnerte, verfolgte sie auf Schritt und Tritt. ›Hat für mich etwas von Leichengeruch‹, bemerkte Christina feststellend und sich der makabren Vorstellung verweigernd, dass darin auch das verbrannte oder pulverisierte Fleisch ihres Vaters beigemengt sein könnte. Als sie dies am Sonntag Biggi gegenüber erwähnte, kriegte sie unmittelbar zu hören: ›Hör sofort auf damit! Wir wissen doch noch gar nicht, was mit Papa wirklich los ist und du sprichst schon so über Papa!‹ Natürlich zog sie gleich die Notbremse.

Als die beiden Wagemutigen nach einem zügigen Fußmarsch in Charlenes achtstöckigen Wohnblock in der Nähe des Batterienparks eintraten, riefen beide spontan beim Türöffnen: ›Uuuaahhh, widerlich!‹ Ein Gestank der Sonderklasse wehte ihnen entgegen. Missmutig meinte Charlene: ›Nur schnell rauf und dann gleich wieder weg hier!‹ Aufgrund des Stromausfalls waren die Aufzüge außer Betrieb sowie das Licht ausgefallen, so dass sie sich gezwungen sahen, das schummrige Treppenhaus zu benutzen, um zu Fuß die Stockwerke zu Charlenes Wohnung zu erklimmen. In Achtsamkeit, das unter einer gelblichen Staubschicht liegende Geländer nicht zu berühren, überwanden sie eine Etage um die andere, traten schließlich in die Wohnung ein. Mit Erleichterung stellte Charlene fest: ›Na, wenigstens ist nichts geplündert worden, das heißt, bei mir gäbe es ohnehin nicht viel zu holen.‹ Schmunzelnd meinte Christina: ›Du meinst, dies ist der Vorteil, eine mittellose Studentin zu sein?‹ Ihr Blick wanderte durch das organisierte Chaos der kleinen Studentenbude. ›Du sagst es, Christina!‹, erwiderte Charlene zustimmend, rümpfte wiederum die Nase, als sie den Kühlschrank öffnete. ›Da ist auch alles am Verrotten! Aber ich habe jetzt keine Lust da aufzuräumen. Zum Glück kann in dieser Zeit bei meinen Eltern auf der Rhode Insel wohnen.‹

Nachdem sich Charlene die gesuchten Objekte sowie weitere Habseligkeiten, darunter die Ladestation ihres Mobiltelefons, zusammengeklaubt hatte, stürmten sie, halb fluchtartig, die Treppen hinunter, traten hinaus auf den gespenstig leer wirkenden Straßenzug; ein bemerkenswert ungewohnter Anblick im ansonsten geschäftigen Stadtquartier. Wie aktivierte

Peilgeräte tasteten ihre Blicke unausgesetzt den Himmel ab, in nördliche Richtung, dort, wo sich noch vor kurzem mächtige Stahltürme emporreckten und nicht nur Anwohnern das ehrfürchtige Grundgefühl von Weltmetropole und Einzigartigkeit vermittelten. ›Für mich fehlt da einfach was‹, bemerkte Charlene wiederholend, ›im eigentlichen Sinne auch eine Orientierungshilfe. Findest du nicht auch?‹ Ehrfürchtiges Schweigen umhüllte Christina erst. Tiefe Konsternation war ihrem Gesichtsausdruck abzulesen angesichts des Schicksals ihres verschollenen Vaters, bis sie sagte: ›Ja, durchaus. Wir sind nun mal Gewohnheitstiere.‹ Charlenes darauffolgende Frage irritierte sie nicht weniger. ›Meinst du, wir gewöhnen uns an dieses Loch da oben?‹ Wiederum schwieg Christina andächtig, bis die Erkenntnis einsetzte: ›Ja, ich denke, letztlich schon, vielleicht sogar schneller als uns lieb ist, obgleich ich behaupten würde, dieses Ereignis hat die Welt verändert, für immer.‹

›Aber auch nicht überall‹, entgegnete darauf Charlene nüchtern, sogleich Christinas rätselnden Blick aufklärend. ›Stell dir mal vor, vor zwei Tagen haben sie in Soho bereits wieder eine Exklusivparty steigen lassen, zur Ladeneröffnung von Prada.‹ ›Tatsächlich?‹ ›Ja, ich fand's völlig deplatziert! Weißt du, eine Kollegin von mir betreibt da eine kleine Fotoagentur, kriegte den Auftrag, die Sache zu dokumentieren. Insofern kann ich es ja noch verstehen. Gerade als Kleinunternehmerin bist du doch auf jeden Auftrag angewiesen, jetzt nicht weniger. Und weil sie nicht alleine hingehen wollte, bat sie mich, sie zu begleiten, aber ich musste abwinken. Das war mir dann doch zu geschmacklos, wenn ich bedenke, was vor nicht mal einer Woche in dieser Stadt geschehen ist! Mit so vielen Toten! Und dann so was machen, ist doch irgendwo dekadent, nicht?‹ Beim hochkarätigen Lärm des vorbeifahrenden Brummers kriegte sie Christinas Raunen gar nicht mit. ›Und weißt du, was das Verrückte daran ist? Maria fand es gar nicht mal so schlimm!‹ ›Ja?‹ ›Nein, gestern am Telefon hat sie mir dann ausführlich erzählt, wie sie es richtiggehend genossen hatte, mit Sekt, Lachsbrötchen und all dem Zeugs.‹ Ungläubig rief jetzt Christina: ›Was?! Komm jetzt aber! Im Ernst? Ein bisschen makaber, würde ich sagen!‹ Und doch war es so.

Das Leben musste weitergehen, eine ernüchternde Erkenntnis, welche sie noch mehrmals ereilen würde.

Als sie wieder durch den Haupteingang in Lykes Bürogebäude eintraten, geradezu ein bisschen erschöpft, verkam ihnen im ersten Stock ein junger Mann, mittlere aber kräftige Statur, gegerbte Gesichtszüge, die auf viel Wind und Wetter rückschließen ließen, lässig in abgetragene blaue Jeans, löchrige Nike-Turnschuhe sowie einen grauen Kapuzenpullover gehüllt. Der schwarzglänzende Pferdeschwanz könnte gleichwohl auf einen Abkömmling südkoreanischer oder tibetischer Flüchtlingseltern hinweisen, dachte Christina reflexartig, ein asiatischer Secondo. Flüchtige Blicke wurden kurzerhand ausgetauscht; stummes Kopfnicken beendete sogleich wieder ihre Begegnung. Was wohl diesen überaus aparten, wenn auch etwas geheimnisvollen Kerl diesen Ort aufsuchen ließ? Arbeitete er hier oder war er wie sie auf der Suche? In seinen dunkelfunkelnden Augen lag etwas Distinguiertes. Auch wie er sich fortbewegte, in seiner behäbigen Wendigkeit, hätte man ihn glattweg in einen Kung-Fu- oder Karatefilm hineinstellen können; samtig wie auf Raubkatzenpfoten, umsichtig wie einst Pumas auf der Hirschpirsch über dichtbewaldete Anhöhen des Appalachen Gebirgszuges. Sein verstohlenes Lächeln haftete für einen längeren Augenblick an ihr, verriet ähnliche Gedankengänge vonstattengehen. Wer war wohl dieser Kerl?

Ψ Ψ Ψ

›Na, erfolgreich gewesen?‹, fragte Lyke in ihrem Büro und zeitgleich Wasser für die durstigen Kehlen in Plastikbecher einschenkend. Mittlerweile hatte Regen eingesetzt, schlug heftig an die schmutzigen Fensterscheiben.

Sich bedankend nahm Charlene den gereichten Becher entgegen, sagte zu Lyke: ›Ja, absolut! Nochmals herzlichen Dank! Das war wirklich sehr nett von Ihnen, Frau Sanders, uns diese Tür zu öffnen. Ich habe alles gekriegt, was ich gesucht hatte, sogar meine Zahnbürste.‹

Ein zufriedenes oder war es vielmehr ein süffisantes Lächeln, welches

Lykes Antlitz beseelte, ließ nahezu unscheinbar erkennen, dass in Lykes tiefer Seele Beweggründe am Werk waren. Denn dies war weitaus mehr als nur ein reiner Höflichkeitsdienst. ›Keine Ursache, ihr beiden! Ich öffne euch gerne jederzeit wieder die Türe.‹ Ihr Blick blieb an Christina hängen. ›Alles klar, Christina?‹ Kurzes Zögern bestimmte die Stille, wurde lediglich abgelenkt vom konstanten Surren des laufenden Computers, dann Christinas leises: ›Hm, war eindrücklich, wenn auch etwas befremdlich. Ich musste auf Schritt und Tritt an Papa denken, war furchtbar!‹ Andächtig goss Lyke nach, sagte: ›Ich fürchte, dies war erst der Anfang!‹

Ψ Ψ Ψ

Weitere geheimnisvolle Türen öffnen sich

Bedächtig strich sich Lyke eine Strähne aus dem Gesicht, wechselte ihren Blick von Christina zu Charlene und dann wieder zurück, blieb für einen kurzen Augenblick forschend auf ihrer Nichte ruhen.

In einer spontan erfolgenden gedanklichen Intervision schlossen sich ihre Erinnerungen wieder zusammen, trugen sie unvermittelt auf den Elchberg zurück, hinauf in die windigen Bergeshöhen. Eiskalte Schauer liefen ihr den Rücken hinunter, als sie nun in ihrer Rückblende den Knauf der Glastür ergriff, um dieses seltsame Phänomen, diese schillernde Glaswand, welche sie sich bis heute nicht zu erklären vermochte, aufzulösen. Ein letzter Seitenblick damals sicherte ihr zu, dass Michael und Jim, welche im Gespräch versunken den Bergweg hinaufstürmten, serpentinenartig über Schotter und Geröll, nichts von ihrem Abstecher mitkriegten. Ungestüme Böen setzten unverwandt ein, pfiffen durch ihr Haar, um die kargen Bergkuppen, wie um die Dramatik zu erhöhen. War es gar ein Zeichen von höherer Stelle? Ein Warnsignal, wenngleich ein gutgemeintes? Denn ein mulmiges Bauchgefühl stellte sich unmittelbar ein, hinderte sie daran, da wirklich durchzugehen. Eine Intuition besagte ihr, dass sich dieser eine Schritt von finalem, unumkehrbarem Charakter erweisen könnte, welchen sie mitunter ihr Leben lang bereuen würde. Denn: Erkenntnis vermehrt den Schmerz!

Erst jetzt vernahm sie im nahen Hintergrund, vor der letzten Gruppe widerstandleistender Tännchen, dieses zitternde Schnauben von Pferden, das Scharren von Hufen auf Stein. Unverwandt drehte Lyke ihren Kopf, gewahrte *sie* nun, die beiden jetzt-noch-ihr-unbekannten Schafhirten, den Dunkelhaarigen und den Hellblonden. Sie würde sie noch auf ungewöhnliche Weise kennenlernen, zu einem Zeitpunkt, wo sie es nicht mehr erwarten würde, nicht nach dem, was alles geschehen wäre. Dabei würde etwas in ihr ausgelöst, was ihr über die Jahre sorgsam konstruiertes Lebenskonzept nicht nur wie brüchiges Glas zerbrechen ließe, sondern mit einer komplett neuen Deutung ausstaffieren würde.

Intuitiv verspürte Lyke, woran der Dunkelhaarige sich erinnerte und wonach sie sich auf vergleichbar brennende Weise verzehrte, etwas, was sie weder begreifen noch ignorieren konnte, nämlich der Augenblick in jenem längst vergangenen Sommer ihrer Kindheit bei einem Wochenendausflug an die Nordsee, einem Sommertag, der außer in ihrer Sehnsucht nie aufgeblüht war. Als Vater leise hinter sie getreten und sie an sich gezogen hatte, die stumme Umarmung, die einen gemeinsamen gefühlsmäßigen Hunger stillte.

Lange hatten sie so am abendlichen Feuer am Strand gestanden, die Flammen warfen rötliche Lichtfetzen, die Schatten ihrer Körper eine einzige Säule an der bläulich erleuchteten Düne. Die Minuten vergingen auf der runden Uhr an Vaters Handgelenk, an den Stöcken, die im Feuer verkohlten. Sterne bohrten sich durch die flimmernde heiße Luft über dem Feuer. Vaters Atem ging langsam und ruhig, er summte, wiegte sie ein wenig im Flackerlicht, während sie sich an den gleichmäßigen Herzschlag lehnte, die Schwingungen des Summens, des Lebens verspürte, wie es doch hätte sein können, eigentlich müsste, getreu eines kribbelnden Schwachstromes. Stehend fiel sie dann in einen Schlaf, der kein Schlaf war, sondern etwas anderes, eine Benommenheit, eine Verzückung, bis Vater einen rostigen, aber noch brauchbaren Spruch aus seiner Amerikazeit auf der Stautemeyer Ranch in Wyoming hervorholte, sagte: ›Wird Zeit, sich ins Heu zu haun, Cowgirl! Wir müssen los. Komm, Lyke, du schläfst ja schon im Stehn wie ein Pferd‹, ihr einen Stubs, einen sanften Rempler versetzte und in der Dämmerung mit Mutter sowie Tante schweigsam zusammenpackte. Deutlich hörte sie dabei das Blechgeschirr klappern, Weinflaschen klirren, als er aufs Fahrrad saß die väterlichen Worte: ›Komm, Lyke, zu mir aufs Tandem!‹, Mutters zitterndes Schnaufen, das Surren der Reifen auf Kies.

Unmittelbar hatte sich in Lykes Erinnerung diese schläfrige Umarmung als der einzige Augenblick aufrichtigen, zauberhaften Glücks verfestigt, auf ihren getrennten wie schwierigen Lebenswegen. Nichts konnte dies zerstören, nicht mal das Wissen, dass Vater ihr damals nicht ins Gesicht sehen wollte, weil er weder zu sehen noch zu spüren vermochte, dass es sie war, Lyke, seine Tochter, die er in den Armen hielt. Und leider, dachte sie nicht unverdrossen, waren sie in ihrer belasteten Beziehung nie recht viel weiter gekommen. Lyke, lass sein, lass einfach sein!

Durchdrungen von innerer Zwiespältigkeit setzte sich in Lyke dann doch der mutige Teil ihres Herzens durch, drückte sie den Knauf der Glastür hinunter, schwang den Flügel der Glaswand auf, drang ein in eine Dimension, die rein äußerlich sich nicht von vorhin unterschied. Immer noch stand sie auf dem von Schafherden abgeweideten Hochwiesengras, auf der baumfreien Schulter des Elchbergs, doch, die Welt, die sich ihr nun zu Füßen darbot, raubte ihr erst den Atem, dann den Verstand! Minutenlang, sie wusste es selbst nicht mehr genau, stand sie da, vergegenwärtigte die unglaubliche Szenerie, welche sich vor ihren Augen abspielte. Ehe sie den Würgegriff an ihrer Kehle realisierte, das allmähliche Entschwinden ihrer Sinne, und in der Folge ein durchdringender Schrei ihrer klammen Brust entfuhr, weit hinaus in die bittere Höhenluft und voll rein in das grau-kahle Felsengerippe ihr gegenüber. Genau genommen war es ein Aufschrei des Unglaubens, der Ausdruck überwältigender Ohnmacht, gar Verzweiflung. Vor Lykes Augen offenbarte sich das Aufschrammen einer entzweiten Welt; ein anhaltendes Echo widerhallte daraus, *nun-da-ut-suny‹i, nun-da-ut-suny'i, nun-da-ut-suny'i*, durch abermillionenfache Stimmen verstärkt, ließ sie zunächst einfach erstarrt dastehen, dann in die Knie sinken, in sich zusammensacken.

Aus mittlerer Entfernung gellten nun Michaels und Jims Stimmen, echte Erschrockenheit darin erkennbar. ›Lyke!? Was ist los?!‹, rief Michael, ›wo bist du denn nur? Ist alles in Ordnung?‹ Unmittelbar spürte sie, wie Michaels starken Arme sie ergriffen, sie fest an sich zogen, sie in seine fürsorgliche Umarmung aufnahmen, eine Umklammerung, die jeglichen geschlechtslosen Hunger stillte. Sein Atem ging schnell, er keuchte, nicht weil er und Jim unverzüglich Sack und Pack hingeschmissen hatten und über die mit flachen Steinen übersäte Bergwiese herangerannt kamen, nein, sondern, vielmehr herausgerissen aus ihrem Gespräch über Gott und die Welt, hatte ihn eine urtümliche Furcht wie vor einer akuten Gefahr ergriffen. Denn noch nie zuvor in den siebenundzwanzig Jahren ihrer Bekanntschaft hatte er Lyke dermaßen schreien gehört. Aus jahrzehntelanger Erfahrung wusste er, dass dies überhaupt nicht in ihr Verhaltensrepertoire gehörte und somit einen absoluten Notfall darstellte, wie als ob der Weltenbrand anstand. Zärtlich drehte er Lyke zu sich, an seine Brust, summte dabei, wiegte sie im Licht der Sonnenstrahlen und lehnte sie an seinen gleichmäßigen Herzschlag, ließ sie die Schwingungen des Summens, der Sehnsucht eines doch so unbedarften Lebens, verspüren.

›Lyke?‹, sprach Michael halb flüsternd, ›was ist denn nur los?‹ Seine Worte wirkten beruhigend auf sie ein. Jim hockte auf ein Knie abstützend daneben. Unverwandt blickten sich die beiden Männer an, zuckten rätselnd die Achseln. Ein Seufzen entglitt nun Lykes Lippen, leeres Schlucken deutete an, dass sie wieder zu Sinnen kam. Als sie die Augen aufschlug, trafen sich ihre Blicke, still, sich zunächst vergewissernd. Nein, es bestand keine Gefahr mehr. Die horrenden Bilder hatten sich so zügig wieder verzogen wie sie aufgekreuzt waren. Lykes Blick fiel kurz nach hinten, doch da war nichts mehr, keine Türe, keine Glaswand, rein gar nichts.

Zweifel rückten unmittelbar an. War das Ganze etwa nur ein Traum gewesen? Ein taggeträumter Albtraum? Übersinnliche Einbildung? Was sollte sie denn jetzt den beiden nur sagen? Würden Michael und Jim sie nicht unverzüglich für verrückt erklären, wenn sie ihnen die Wahrheit über das Gesehene mitteilte? Sie jedenfalls würde es an deren Stelle tun, würde ihren eigenen Worten nicht glauben, zu unglaublich das, was sich ihr hinter dieser Tür in einer Art Zeitellipse offenbart hatte! ›Ein Bär!‹, sagte sie schließlich, ›da ist ein Bär aufgetaucht! Ein Riesending! Mitten aus dem Wald herauf, gleich vor mir!‹, erfand sie eilends, in der Hoffnung, damit eine glaubwürdige Ausrede gefunden zu haben. ›Was?! Ein Bär?‹, rief Jim ungläubig, sprang reflexartig auf, drehte sich nach allen Seiten, doch wie er feststellte, ließ sich weit und breit nichts Derartiges ausmachen. ›Bist du dir wirklich sicher?‹, fragte er Lyke umgehend, ›ich sehe weit und breit nichts.‹ Auf ihrer Notlüge beharrend, sagte Lyke: ›Doch, wenn ich es doch sage! Da war tatsächlich einer aufgetaucht, nur kurz vielleicht, aber ich habe ihm direkt in die Augen gesehen! Dieser ausgehungerte Blick! Nicht wie im Zoo, überhaupt nicht harmlos. Er hatte richtiggehend was Böses in seinen Augen! Etwas Mörderisches, was es bei Tieren sonst nicht gibt.‹

Skeptisch blickte Michael auf, suchte mit beunruhigtem Blick die Gegend ab. Jim hatte bereits nach seinem Chilispray gegriffen, verriet, darin Übung zu haben, stand kurz vor der Entsicherung. ›Na, ja‹, meinte er, ›wir sind hier schließlich in Bären- und Pumaland! Da kann so etwas schon mal vorkommen, auch wenn ich es vorher nie ernsthaft geglaubt habe.‹ In Michaels Gesicht stieg das Schmunzeln eines gefahrengeeichten Feuerwehrmanns auf, Respekt wie Mut bezeugend: ›Na, ich denke, dies war wohl eine einmalige Sache hier. Am besten verschwinden wir gleich von hier. Ich will ja nicht zusehen müssen, wie jemand noch zerfleischt wird.‹ Mit nachdenklichem Grinsen erwiderte Jim, ›ich auch nicht‹, und reichte den beiden die Hand.

In Lykes Antlitz war wieder Farbe eingekehrt, meldeten sich Lebensgeister zurück. Tief durchatmend, mit Blick über die ausrollenden Waldhügel des Kananaskis bis weit hinaus in die Ebenen der südkanadischen Landschaft mit Calgary als Fleck in Sichtdistanz, stand sie nun aufrecht da. Vom vielen Blut, Staub, Todesgeschrei und Leichengeruch war nicht die leiseste Spur mehr auszumachen. Der ganze Horror und Terror wie weggeblasen! Dann muss es sich also doch um eine Sinnestäuschung gehandelt haben, war ihr spontaner Rückschluss. ›Nein‹, wehrte sie schließlich ab, den Blick gesenkt, ›nein, ich denke, wir können getrost da rauf. Wie ich dir schon am Morgen gesagt habe, Michael, fühle ich mich einfach etwas übernächtigt. Dieser Bär war wahrscheinlich gar nicht mal so groß.‹ Zögerlich lenkte Michael ein, denn Lykes Antwort warf in ihm mehr Fragen auf als dass sie Antworten gab. Ein überaus bösartiger Bär? Wie aus dem Nichts aufgetaucht und gleichermaßen wieder verschwunden? Das war hier oben gar nicht möglich. Das musste etwas anderes gewesen sein! Aber was?! Und: in Lykes Augen blickte ihm vorher echte Todesangst entgegen, wie er das nur bei Geretteten schon erblickt hatte! Nein, das war kein Bär! Definitiv nicht! Schließlich sagte er: ›Wir müssen nicht auf Biegen und Brechen da rauf, Lyke.‹ Abwehrend, den Nukleus des Zweifels in Michaels Augen spürend, versicherte sie ihn: ›Nein, nein, ist schon gut. Das wäre jetzt wirklich maßlos übertrieben, wegen dieser Lappalie unseren schönen Ausflug abzubrechen. Ich denke nicht, dass da noch irgendeine Gefahr lauert. Da oben im Geröll sind bestimmt keine Tiere mehr, und ich fühle mich eigentlich wieder ganz fit.‹ Scheue Wangengrübchen verliehen ihren Worten einen Hauch von Glaubwürdigkeit, aber nicht mehr. ›Na, gut‹, sagte Michael brummelnd, sein Blick fiel kurz in Jims klare Augen, ›wenn's für dich okay ist, ziehen wir doch weiter. Komm, Lyke, reich mir deine Hand!‹

Beim weiteren Aufstieg durchs Geröll kam Lyke nicht umhin, einen flüchtigen Blick zurückzuwerfen, auf den Schauplatz des rätselhaften und absurden Geschehens, und da stand sie wieder: die schillernde Glaswand!!

Ψ Ψ Ψ

ENDE

DES ERSTEN TEILS

Literatur- und Quellenverzeichnis

Richard Picciotto, Unter Einsatz meines Lebens

John Ehle, Aufstieg und Fall der Tscherokesischen Nation (nur englisch)

H.J. Stammel, Der Indianer – Legende und Wirklichkeit von A-Z

Alex W. Bealer, Nur die Namen bleiben übrig – Die Tscherokesen und der Pfad der Tränen (nur englisch)

Thomas Bryan Underwood, Tscherokesische Legenden und der Pfad der Tränen (nur englisch)

Jerry Ellis, Ich ging den Pfad – Die Reise eines Mannes dem tscherokesischen Pfad der Tränen entlang (nur englisch)

Werner Arens/Hans-Martin Braun, Die Indianer Nordamerikas

Christa und Hans Läng, Indianer-Almanach

Isabel Stadnick, Wanna Waki – Mein Leben bei den Lakota

h.v. nelles, a little history of canada

Loneley Planet, USA (englisch)

Kalimedia, Atlas der wahren Namen – Welt/Europa

Greenpeace, 2011, Nr. 4 – verschiedene Artikel

TRANSA, 4-Seasons, Frühjahr/Sommer 2011, # 4 – Im Bauch des Waldes/ Appalachen Wanderweg

DIE ZEIT Geschichte: Unser Amerika, Nr. 3 2011 – Wie Deutsche die USA prägten

Nationalgeograph, Mai 2007, Kampf um Amerika

Coop Magazine

Migros Brückenbauer

SOLIDAR, Solidarität

WWF, Magazine

TAMEDIA, Tagesanzeiger, Zürich

Wikipedia

YouTube

Google, Karten